浙江文化艺术发展基金扶持项目
杭州市文艺精品工程扶持项目

江河万古流

我的诗路行走

孙昌建 著

浙江文艺出版社
Zhejiang Literature & Art Publishing House

图书在版编目(CIP)数据

江河万古流：我的诗路行走 / 孙昌建著. —杭州：浙江文艺出版社，2023.5
ISBN 978-7-5339-7214-1

Ⅰ.①江⋯ Ⅱ.①孙⋯ Ⅲ.①诗集—中国—当代 Ⅳ.①I227

中国国家版本馆CIP数据核字（2023）第063112号

策划统筹	邱建国	装帧设计	象上设计
责任编辑	金荣良	营销编辑	汪心怡
责任校对	许红梅	数字编辑	姜梦冉　诸婧琦
责任印制	张丽敏		

江河万古流：我的诗路行走

孙昌建　著

出版发行	浙江文艺出版社
地　　址	杭州市体育场路347号
邮　　编	310006
电　　话	0571-85176953（总编办）
	0571-85152727（市场部）
制　　版	杭州天一图文制作有限公司
印　　刷	浙江海虹彩色印务有限公司
开　　本	889毫米×1194毫米　1/32
字　　数	170千字
印　　张	8.875
插　　页	5
版　　次	2023年5月第1版
印　　次	2023年5月第1次印刷
书　　号	ISBN 978-7-5339-7214-1
定　　价	78.00元

版权所有　侵权必究

作者简介

孙昌建

文学创作一级
出版有诗集《反对》等三十余部个人作品
现居杭州

目录

序诗 　　　　　　　　　　　　　　　　001

第一辑

桃花源·浙东唐诗之路

西陵渡 　　　　　　　　　　　　　　005
渔浦 　　　　　　　　　　　　　　　006
三个贺知章 　　　　　　　　　　　　007
钱塘江上看云 　　　　　　　　　　　008
在临浦，寻蔡东藩而不遇 　　　　　　009
转塘一名的来由兼致唐朝诗人崔国辅 　010
西施豆腐 　　　　　　　　　　　　　012
野草莓 　　　　　　　　　　　　　　013
燕归堂 　　　　　　　　　　　　　　015
苏溪亭 　　　　　　　　　　　　　　016
祈雨台 　　　　　　　　　　　　　　017
一个成语：不合时宜 　　　　　　　　018

曹娥庙	019
娥和鹅	020
白马湖畔寻夏公墓不遇	021
秋日过春社有感	022
东山再起	024
绍兴兰亭	025
绍兴孙端	027
衣架上的故乡	029
黄酒小镇	031
入剡记（组诗）	033
在新昌	043
新昌大佛	045
斑竹古道落马桥	046
李白和留白	048
在新昌我想起一个姓梁的人	049
在天台	051
拟寒山济公问答录	052
天台山国清寺赠人	054
谁的风尘	056
临海	057
温岭·诗歌朗诵会	058
黄岩布袋山	059
柔川	060

杨梅	061
如何招待一位唐朝诗人	062
书法课	063
短剑	065
知天命	066
古装微电影	067
今夜借小杜清明四句立此存据	068
什么是乡愁	070
我就是一千前的那个诗人	071

第二辑

夜航船·大运河诗路

开船	075
夜航船	077
谣曲：古运河流水1984	079
神人兽面纹	081
稻可道	082
良渚水边	084
安溪	085
钱山漾	086
湖州千张包	087

梅花洲	088
对于一只白鹭真假的争辩	089
灶头画	091
银杏天鹅湖	092
比缓慢更慢的	093
河流	094
我看到了河流	095
桃花运	096
一船雪向我驶来	097
萧绍运河	098
运河二通道	099
上林湖	101
听瓷	102
观越窑青瓷瓯乐表演	103
大运河组曲：思入云水间（组诗）	104
我要从南走到北（组诗）	113
写于中国（淮安）戏曲博物馆（组诗）	127

第三辑

乡村志·钱塘江诗路

钱江源·马金溪	139

常山	140
月亮湾	141
石头记	142
雨中的江山	143
江郎山	144
丹霞地貌说	145
衢江的秋	146
过衢江盈川,恰逢唐代诗人杨炯生日	147
橘子熟了:写给湖仁	148
李清照	149
黄宾虹	150
九峰山	151
汤溪民谣	152
兰溪:养蜂人说养蜂	154
方岩纪静	155
五峰书院	156
乡村叙事练习(组诗)	157
富春江上(组诗)	164
钱塘江古海塘	175
好像是在宋朝的江边	176
写于袁浦吴家渡	178
年初五在袁浦小叔房谈论蚯蚓	179
老盘头2018	180

东风造船厂旧址	183
杭县志	185
双浦地名考	187
云栖小镇	190
龙坞茶镇	192
工农兵照相馆	194
王安寺的烟火	196
长安沙	199
长安沙之二	201
沪杭铁路海宁站	203
海宁灯彩	205
慢一点好，还是快一点好	206

第四辑

思乡曲·瓯江山水诗路

古渡口	209
某些船	211
南明山寻米芾而不遇	212
古堰画乡仿卞之琳	214
青瓷	215
青瓷小镇	216

夜宵时的老男人	217
在龙泉	218
在松阳	219
大港头夜读陶雪亮	220
丽水诗人素描	222
瓯江	224
渔光曲	226
瓯窑	228
玉海楼致孙诒让先生	230
浦城	232
景宁	233
景宁土诗	234
从前的饭局	235
青田某乡,突然看到绿皮火车	236
大漈瀑布:你已经站在高处	237
我一生的时间都在马上	239
风景	240
我更喜欢稻田	241
雁荡夜	242
洞头	243
南麂岛	244
永嘉	245
造纸术	246

在山里	247
思乡曲	248
隐者	249
独木舟	251
十竹斋	252
老于的梅花	254
乡村牙医	255
和吴大夫诗：腊肉和柴火	256
瀑布	258
我要写一封信给大海	259
一粒种子撒进了大海	261
如果大海也要被整体搬迁	262
海边想起卡夫卡	264
在海边	265
海鲜	267
海边断想	268
台风	269
你是塔，你不是灯塔	270
致大海	272

序诗

我在一千年前就出发了
手机闹钟设在早上六点
我带上了唐朝备好的面包
想喝一口天空白云的牛奶

我已经出发无数次了
"每一次出发都在浙江"
仅凭这一句,仅凭浙江二字
我天生应该会写诗的

我走了一路的山水风景
我是怀旧者,又常怀憧憬
"如果我不写诗,那谁写呢"
山水无言,那就用诗来言吧

更多的时候,我可能在自言自诉
也像是在对人默默地倾诉
会有知音吗?还是不勉强吧
"谢谢你,我们在一首诗中相遇。"

第一辑

桃花源·浙东唐诗之路

西陵渡

背一部唐诗渡江
该用一把怎样的桨

黄昏来临的时光里
霉干菜已经蒸熟了

得意而落魄的诗人啊
到了渡口都会长叹一声

因为没有一只船
开往三百首的码头

即使双人双桨
最后发现竟也是倒影

正如一千年后
一声汽笛拉响之后

所有的人都沉默了
连同争先恐后的浪

渔浦

以前是要过了江再写诗
现在江边站一站
水漂也不打了
几个词捏在手机里
一天就过去了

一到了晚上
也有好多人渡不过去
因为没有船了
因为风浪大起来了
内心的翻腾
靠一首诗能平息吗

争论是必然的
语言的泡沫也是必然的
所以有一块景观石的存在
石头上有"渔浦"两个字
微信上一晒,写和不写
真的已经不重要了

三个贺知章

一个曾经写过几首诗
一个做成雕塑立在村口
还有一个进入了知章村

村委会空无一人
连一只鸟都没有
桌子上有几个快递

有一个就是寄给贺知章的
我仔细看了一眼寄件人
正是唐朝诗人贺知章

少小离家,老大无回
身处大唐,不知隋汉
谁从高风险区穿越回来

来都来了,童声已备
马上开始多声部交响
三个贺知章围成了一桌

钱塘江上看云

是飞扬的野马还是吃草的羊
让我想起云南或新疆

如果翻回到李白这一页
他的天空就是我的天空

他的云就是我的云
我的云会是他的雨吗

唐朝诗人如何躲雨
如何在诗歌中躲雨

尤其是过江时,逃难时
如何游出一朵云的漩涡

在临浦,寻蔡东藩而不遇

很想模仿古人的想法
荒村古道,西风瘦马
如果没有二维码
马致远也走不到天涯
蔡老师亦是,沪杭线是通了
他可能走的是水路
在吱嘎吱嘎的船里
又写了一个朝代的演义

而真到上海码头时
一个朝代已经灭亡了
烈日之下,思忖再三
还是不去蔡先生故居了吧
所有的故居我都去过
因为所有的小说都有结局
而在诗歌里,不遇比遇要好
而在演义里,遇上了方才有演义

转塘一名的来由兼致唐朝诗人崔国辅

> 路转定山绕,塘连范浦横。
> ——[唐]崔国辅《宿范浦》

是离别还是返乡
海塘像一个折了三折的破折号
一直横亘在罗刹江中
不用怕,定海神针不是一首诗
而是一座山,定山
又名狮子山,正如另一座浮山
去不了西陵渡,也没有江鲜
土茶可能还有,会有粗盐
还有腌制的鱼,颇有手艺
平平仄仄,正如所有的塘路
都围绕着定山,一个中心
以潮为中心,由此飘来的帆影
意味着夜潮又要来了
今天渡不过去,那就明天吧
睡吧,睡吧
谁醒来谁就有心事
那夜潮中追逐的鸟啊

是为了鱼的影子吗
还是仅仅为了喊出一声啼鸣

西施豆腐

一条水曾经名叫芦茨湾
正如我也记住了郑旦
有一度,吃鱼的鸟
连羽毛都已经被拔光了

我无数次想象美人的容颜
旋转的玻璃门旋转的年代
那美人的痣闪烁在书本后面
那正好用来刷越王和吴王的脸

浣纱石吃水很深
这么多年也一直有溺水事件
谁还在河边捣衣呢
临水的房子拆还是不拆

江山易主,百姓山呼万岁
这么多年的卧薪尝胆
故事还会有新的演义吗
坐下来,吃一碗豆腐再走吧

野草莓

到底是年轻时喜欢一点
还是年长后显得更怪僻和挑剔
封山已经多年,小路隐匿多年
草叶之间的露水点缀着红红点点

永远蛰伏草间,等待被发现
抑或就是午后的腐败如一则寓言
会有欣喜如初恋且一恋再恋
会有午后的暴雨再也拉不住帷帘

爱和喜欢,如一个动作的拿捏
轻和重,对不起这一肉身凡胎
一场邂逅,还会再频频回首吗
谁尖叫一声,如游过一条幻觉

再回首,亦有人在路边招手
那来自大棚的想要显示正统血脉
仿佛一张口就是一句红色的箴言
多少美丽的红唇燃起白色的烈焰

而我会永远站在野草藤蔓一边
从来就没有什么唯一和绝对
我就好这一口了,野草莓啊
暴雨之后将会是改变一切的夏天

燕归堂

路边所见,仅是一个地名
仅是雨前的白墙黛瓦
我就有一种想飞的感觉

油菜已谢,青青秧田
一闪而过的一个路牌
燕子却已经飞了两千年

飞去何处,何处可栖
乡下还真有老堂屋吗
二月春风年年吹来呀

五月麦黄,六月插秧
七月向日葵低下了头
它等的燕子还没有归来

苏溪亭

> 苏溪亭上草漫漫,谁倚东风十二阑。
> ——［唐］戴叔伦《苏溪亭》

在真实和虚拟之间
存在如一首诗

一个亭活在一首诗里
一首诗比一个亭活得更长久

还有的,只在记忆中存在
比如苏溪火车站的节拍

草和烟雨,从来都不缺的
唯独一只燕子迟迟不肯飞来

如果真的飞来了
请不要用灯光秀来欢迎她

祈雨台

当汗水要远远多于渴望
我尊重每一把伞的存在
正如我是在饭桌上
写下分行的诗句

也正如在我的家里
伞要远远多于雨点
而在乡村的民宿里
蓑衣成了时尚的标配

可是干旱依然无处不在
打井的人改送矿泉水了
作为一种仪式和寄托
我知道龙是怎么想象出来的

想多了,我就将一把伞飞了出去
天哪,多久没有在大雨里赶路了
多久呢,我在祈雨台点了一炷香
风有点大,那烟是注定要飘散的

一个成语:不合时宜

风景之外,要看名人故居
有时我很想抽一块砖出来
砸向一个成语:不合时宜

如果有一只燕子还飞回来筑巢
如果这些名人有一天都能返乡
如果再问一次:什么叫作时宜

故乡总是沉默的,还好有流水
因为地势的起伏,朝东或朝西
故乡,从不跟我讲语法和逻辑

去吧,不要再回来了
拍一张照,手机里发一发
最好嘴里衔着一根青草

曹娥庙

女生自古只站在水边
像一枝芦苇或影子
这便有了《诗经》的起源

女生一旦涉身水中
图画就开始上墙了
甚至龙舟也划动千年

女生在庙门口自拍
夕阳西下,逆光的年代
娘娘在喊我回家吃饭

娥和鹅

但凡名字中带娥的
最后会不会长成一只鹅
以另一种方式进入诗歌

今逢大暑,跳入江中
驶过的船上正在放电视
"手心手背都是肉……"

都是肉,以裸游为最佳
一直游到天黑,太阳无脸见人
沙地上偷一个西瓜回家

大台门,大桥头外婆家到了
外婆摇着小船出来了
还有那只一摇一摆的大白狗

白马湖畔寻夏公①墓不遇

如果湖上那只翩飞的白鹭
装有鹰眼,它肯不肯告诉我
先生的长眠之处
就在近处,导航已经显示
我却在新修的台阶前止了步
那头农家乐的黄酒已经温好
犹想起百年前的某个周末
先生在校门口的一再叮嘱
"老酒少吃口,早点回来……"

回到贡院门口,回不去了
丝绸市场,回不到丝绸之路
驿亭车站,回不到轰隆轰隆
白马湖畔,回不到大海的春澜狂波
象山之麓,寻夏公墓不遇
寻无非是一种姿态
不遇是另一种行为艺术
正如走过晚晴山房和平屋
弘一笑问夏老:"今天你吃了吗?"

---

① 夏公,指夏丏尊先生。

秋日过春社有感

秋日的铁将军把门
朝春社的缝隙里窥探
以为真有历史还在书写
好在桂花隐隐地香了
捋一捋并不存在的长须
虚构还是最伟大的老师

十分钟前路过一农家
一中年男子用普通话和我对话
"当年开书局的人买下这块地"
开书局？就是书店嘛
"不只是书店，还做出版"
我突然对男子肃然起敬
在乡野，谈起出版
这是不是春社最初的那一道光

"你到十一月底来，香柚熟了"
关于那个年代，我备有一本字典
可是关于地契，关于老火车站
关于更古更老的驿站
我就不敢再多说什么了

我把镜头从门缝里伸进去
但愿这个行为，不会让历史
再生下二胎三胎，春社啊
想想吧，连秋风都美不可言了

东山再起

草木皆兵,现在可以重新解释了吗
正如以孝女命名一条江
早晨要背负那么重的书包
主修初恋,兼修忠贞
统一的晚自修已经毫无意义
只有等下课铃一响
一个姓谢的人才会来到这里
这些天雪景已布置好了
关键是谁访谁
谁是真谁是假
一个泛考古的时代
每个县都有一个著名的墓地
可回程票已经难买
绍兴上虞,东山小站
如果不设闹钟
我真的很难起床了
每周一次的升旗
总是轮到下雨
雨中的东山就是个水库
再起,再起
在水里做一条鱼

绍兴兰亭

兰花的兰,之江的之
越是简单的越是难写
繁简几度易手之后
有一个亭正好休憩一番

永和九年,春暮三十一度
我在兰亭看王家父子的书法
全世界最温柔的鹅
都躲在亭子外看我

我也曾曲水流觞
觞,我喜欢用它来打水漂
现在水流不起来了
水都被抽去酿酒了

酒是我喜欢的
正如我也喜欢有一场雨
能让写和不写那个字
都有了一种借口和理由

也正如有一天的午后
我突然写不出王羲之的羲
所以我选择用草书
王顾左右，偏说轩亭口的轩

好吧，无非谁磨谁的墨
到底选择草书还是正楷
在兰亭，在绍兴，在南方
在暮春时节的永和九年

绍兴孙端

我并不好这一口臭豆腐
当年中山先生来，上亭还在
而女侠已去，几位孙氏乡贤
想搞搞新意思，于是话剧
和幼稚园也来到了乡间
还有类似于杭州湖滨的公园
一百年前，江还是那条江
安桥头出名是后来的事情
后来的事情如果未卜先知
那一定要有超强的大台门
众多的兄弟姐妹也住得下
六十年代的乌篷夜航船
可能是最后一次了
从外婆家到爷爷家
一个冲刺就可以了吗
我怎么会有溺水的感觉
那些船来来去去
他们说我们是绍兴的犹太人
水性好才能爬上那些船
水性好的又往往到不了大海
四叔到台湾，我一点也不知道

五叔一生未娶,到底是为什么
六叔很早就不在了
七叔八十岁还在翻单杠
有一年大姑的儿子来到杭州
我才知道他参加过朝鲜战争
终因成分问题早早离开部队
人到中年,搜到一本《孙端镇志》
我才写下了这一首分行的诗

衣架上的故乡

有些挂着花花绿绿的衣服
有些挂着若有若无的风

有些在滴水,好像是眼泪
有些在风中荡秋千

荡着荡着,有的缠绕在一起了
好像再也不愿意分开

有些衣服已经很旧了
我相信这也是身体的一部分

而身体的另一部分
早就跑到衣服外面去了

就像我跑出去多年
还一直想回去看看

看了之后才会死心
看了之后还会产生强烈的爱

强烈到七级地震,震过几次
又修过几次,故乡多么破败

黄酒小镇

在涉过很多条河流之后
我又开始喜欢黄酒了
我可以把外套脱了
不再谈论孩子和学区房
或者是下一届人选
也请免谈五十步笑百步
那不过是一个跑步软件
接下去是加多少姜丝的问题
最好是不要添加任何非酒因素
可能基因决定口味吧
在涉过很多条河流之后
看到一滴水我都会俯下身去
一个大海真的就在胸中了吗
我的胸中真有三只酒坛吗
一只是泥做的,一只是火烧的
还有一只是摇摇晃晃过来的
那就是运黄酒的乌篷船
停在了临水的酒楼上
我和周树人对饮是有可能的
谁比谁的方言更纯正不重要
怎么是有可能呢,那是必须的

重要的是喝多了也还能呐喊
然后吱嘎一声打开大台门

入剡记（组诗）

入剡记之一：去吃某一种小吃

体育老师许到一号线九和路时
我还在打铁关
这个地名据说跟岳飞无关
编辑李说他刚好在中段
我将之理解成这是一段河流
抬头一看，已到彭埠
一个昔日的河埠头
出门时我喂了两条鱼
许说身份证没带
李说再找找看
我一阵紧张，出现幻觉
这几天乌镇正在开会
前几天沪上有个市集
而我们则携带念想纷纷入剡
刚有双肩包给老人让座
已经很久没有听到说谢谢
分明是要地铁后换大巴
大巴之后再换毛驴
对，一定会很慢很慢

我们假装是互不认识的人
把充电器拿出来
把连接线拿出来
最后把一颗心也都拿出来
你们爱看不爱吧
反正我们去到剡溪
不是为了写一首诗
而是去喝一口酒
去吃某一种小吃

入剡记之二：在三界外婆的老家

望文是可以生义的
两个火加一把刀
虽不一定刀耕火种
但日子还像盐一样艰辛
那一年外婆裹着小脚
吃了一块大糕就出嫁了
这才有了后来的我
三十岁后才读准了剡字的发音

现在我是替我外婆回到这里
一看到大糕,饿便成了一种基因

外公是开中药堂的
这几年常有人问我对中医的看法
我说我从来就没有见过外公
但城隍庙是要进去看的
到底是先跨左脚还是右脚呢
我也曾百无禁忌
嵊浦古道是一定要走的
今天的鞋店里已经不出售谢公屐
也别指望再钓什么乡愁
但我还是会坐一段船
比乌篷船快,又比旧时光要慢
当"亲啊"成了流行语
千年剡溪,最后也只能默默无语

入剡记之三:贵榧

一树香榧

因为生在贵门乡
我便将它命名为贵榧
我知道
要让方言和普通话同时有趣
尚存一线生机
正如用越剧来唱醉酒的贵妃
我想起我的老同事剡人全先生
嗜糖，上课偶流清涕
激动时会唱上几句
一下课就跟我讨论新诗的韵律
难啊，正如一条剡溪
不仅仅是沉淀和映照
还要流动和干涸
说到底
入剡就是诗人的返乡之旅
是重新梳理和书写
我们与土地的关系
本来我想带上朱熹一起玩的
最后想想还是算了
我受不了早睡早起
哪怕明天一早要体检

哪怕明天我们就这样出海去了
那今晚,一条剡溪
就在西施眼上用力一按
就会让啤酒泡沫也兴奋不已

入剡记之四:在贵门兼论乡村问题

如果田野里还长出五谷
如果泥路上还生长青草
如果屋顶上还冒出炊烟
如果晒场上还飞过雨燕
如果被霜打过的青菜还有甜味
如果老人和幼童还守在门口
如果开过的车能招手即停
如果早晨还能听到《义勇军进行曲》
远远看去,有一面旗升了上去
那么我说,乡村问题都不是问题
最多是42度还是53度的问题
那涉及口感和传承的手艺
正如一位老人所言

一站到田里,人活着就没有了烦恼
虽然一只鸡已经飞过了篱笆墙
虽然很快地,墙也被拆掉了

如果还有一件蓑衣挂在墙上
如果村里还有一个人写毛笔字
如果他说的方言你听不懂
而你说的话他又不相信
如果有线喇叭还在头顶
如果他坚持要养一头猪
坚持要把秧苗种到自家的田里
如果他早晨起来就想喝一口
如果他把酒糟藏在了缸里
如果他把你递的烟夹在了耳朵上
这表明他还有忙不完的活计
他指了指菜园子说
又到晒腌白菜的日子了
算了一算,明年过年早
家门口贴着的还是去年的春联
新的没有来,旧的不能撕
旧的住在家里,新的也会变旧的

入剡记之五：一到贵门，我们就都是古人了

一到贵门，我们就都是古人了
一个下午都在看一棵卷心菜
落叶的水杉，描红的枫叶
等着风来批改象鼻湖的之乎者也
狗叫了几声就摇尾巴了
世间的事大抵如此
如果谢灵运来
我会送他一块滑板
晚来天欲雪，朱老和吕老
就让我们借座于鹿门书院
莫谈国事，只谈两棵香榧
像玩味一册古籍和两页江山
茶还是西景山的好
那口井也还在
坚持说方言的老夏
在那井上盖了一块板
过了一年就长出了青苔
正如继善桥，当以它为背景
桥两边的房子已经有些年代了

可从树叶的颜色看,今冬干旱
那个白马非马的新闻发言人
就是播天气也是不及格的
而只要一回到乡里
我就感觉年纪大了
因为我喜欢听越剧了
突然,我的大腿一阵酥麻
摸出手机一看,啊呀呀
银行正催我回去首付房贷

入剡记之六:八宿屋之传说

我们的老百姓啊
一直喜欢说朱元璋
喜欢说一只蚊子
不咬人而只咬竹子
住到第八个晚上时
那咸肉会不会
看不起纤纤的春笋呢
老百姓还喜欢说刘伯温

就像这一带的糟鸡
似乎都有无穷无尽的保质期
最近又开始说半个世纪前的名字
对此，我简直无语了
对此，我是有责任的
因为我曾经教过中国简史
特别在入冬小雪的时节
整整一个上午
我们在一个水库边务虚
我突然想起一千年前
我已经来过了
但我已经不是从前的孙昌建
从前的我，也曾天真过
也曾手抄各种传说
直到身上被咬了好多个包包
没办法，皮肤差
血型是那个血型
虽然直到今天
我也不知道
我跟朱元璋和刘伯温
是不是同一个血型

但是我知道
朱元璋和刘伯温都不够用了
最近又去搞了一个车皮
因为疫情,还静默在加油站里

在新昌

好多时候会谈论到花生
土里随便都可以种一些
不仅用来佐酒,还可玩味
李白到此一游的真正兴趣

新昌,昌,我名字的一半
气候变暖是缘于两个太阳吗
好在不当夸父已多年
朝九晚五也追不到了

如果加一个鱼字:鲳
我究竟是野生还是养殖的呢
如果再给我一张嘴巴:唱
我是用假声还是略带乡音

是的,连月亮都听不下去了
还是加个草字头吧:菖
这样好像能回到一千年前
还我以植物的品质和形象

这样就可更像在剡溪边上
让眼波流转如春柳拂面
好听的越剧唱腔,祝英台
让我想到一个时代的发育不良

好吧,把粮食做成酒吧
要高度的,要配得上花生米的
在我们气喘上不去的天姥山上
是否还生长着唐诗的几根茅草

新昌大佛

这些年我一直在瘦下去
在西风和红尘中瘦下去
不是因为素,而是肉
肉让诗歌得到了肥沃

但是还有一种诗
一直瘦得像一根竹
就像我多年前说的
一句话:俗人还俗

还俗,还我一棵竹
当笋没有被咸肉俘获
我长久地看着扫地僧
他的一笔一画才是诗

斑竹古道落马桥

水是浅的
天蓝得常常怀疑自己
农家大嫂说电视台常常来
我常常喜欢看倒影
她比画着为我取景
还说那时路窄
人要从马上下来才行

而我从牛背上下来
到双手握上方向盘
大约就是三十年时间
三十年一些房子老掉了
老掉了才是住人的
一只鸡下多少个蛋
一定有它的规律
正如好吃的茶叶蛋
一定是在路边的炉子上

也正如小狗喜欢当道叫几声
老狗就懒得理我
大娘们在磨番薯粉

见我用手机拍她们
就问我从哪里来的
我说我从杭州来
她们说好的好的
至于李白和杜甫
她们提都没有提起
大娘最后提了一个问题
年轻时你怎么不来拍我

李白和留白①

浮一大白乎
这一路走来
我为什么写不出一行诗

我改喝茶了
那一夜在留白
我特意空了几行

我注意她的手法
甚至是她的气息
撩和泡,都是一种修辞

后来,再后来
某个兄弟突然倒下
就再也没有醒过来

就是不肯留一点点白
一千年,一万年
谁为谁留出一弯新月

———————

① 留白,浙江新昌一喝茶处。

在新昌我想起一个姓梁的人

在新昌我想起一个姓梁的人
比如梁柏台
他的老家真的是老啊
大概只有一把锁是新的
他在苏联跟一个姓周的女人
生了一对儿女
他们回来了
儿女永远留在了那里
可能已经永远不姓梁了

我还想到梁小妞
当年从建设局辞职跑到了杭州
她喜欢画上几笔
后来据说开始搞动漫
后来又听说跑到了上海
上海真的是大呀
上海人喜欢跑到新昌来
还大口大口呼吸空气

还有梁小芬
弟弟不回，姐姐不嫁

为此她等了整整57年
等的还有一个陈莲珠
她比梁柏台大两岁
新婚才七天呢,这个姓梁的男人
就再也没有回过身来
后来这两个女人
开始整理梁读过的小学课本
还有作文和日记

在新昌我想起一个姓梁的人
包括化作了蝴蝶的梁山伯
上梁时要包一块红布的
馒头要从梁上撒下来
而到了秋天
树叶一定是黄的
一定是有好多的树叶
已等不到来年的春燕
一个姓梁的人
跑过马路对面浙江一师的操场
高音喇叭正在播报:
400、800米第二名:梁柏台

在天台

在天台,我把头抬了起来
我抚摸着星光的脸
在天台,我深深地吸了一口气
这口气已经一万年了

山和流水,树和寺院
在天台,我又把头低了下去
星空之下,我像一只蚂蚁
尘埃之上,我就是另一粒尘埃

拟寒山济公问答录

> 寒山隐处,济公故里,皆在天台。想象两位大师见面,他们都说了些什么——

寒山问济公
你吃你喝你玩你癫
你的禅在哪里

济公问寒山
你隐你藏你画你书
你的诗在哪里

寒山答济公
我的诗
皆在无隐无藏无画无书

济公答寒山
我的禅
皆在我吃我喝我玩我癫

寒山看济公

济公看寒山

一座天台，两座天台，三座天台

天台山国清寺赠人

十八年前的那扇柴门
吱嘎一声打开了
水很快沸了
茶叶在沸水里的过程
就像我在红尘中的走动
那扇柴门
寂静地等来了一个
长发的中年,那是我
就想坐下歇一歇脚
歇一歇细碎的光阴
想象流水,从此向西流去

向西流去
就在此会见济公和寒山
就喝喝茶,看松鼠
跃过菩萨的眉眼之间
我也总要起身的,走出寺院
隋梅都那么老了
而那座隋塔,还像一个男人似的站着
所以我得走了
柴门边的竹筐里

我去摸了摸黑黑的菜籽
来年，等菜花一片金黄时
我一定又在另一片红尘中走动

谁的风尘

这些年我常常穿着红色的T恤
这些年我常常反身回眸
我知道,你心里隐隐的痛
不是因为春天,而是因为那块窗帘
它不能遮住所有的光阴
而一张家乡的烙饼
在空气中存放不了多长时间
那么靠一个短信,从唐至今
打个来回需要多长时间
忘川忘川
当你赤足走过1976的河流
我却在干涸的河流中渐行渐远

可是当我一回头
你又在谁的风尘之中?

临海

我用一只杯子盛一个海
我又把海倒进另一个杯子里
我写的是诗,饮的是海

有一天我打翻了杯子
没等来得及说对不起
鱼群就游过了紫阳老街

它们甚至游进了一家书店
夜晚打烊了,鱼也看书了
它一定在想着那个遥远的海

还有那赤赭色的海誓
都变成了暗褐色的山盟
那是鱼化石,那是火山岩

喷发是迟早的事情
一万年之后
我的名字还叫临海

温岭·诗歌朗诵会

那些夜空中的声音
像海水拍打礁石
像礁石拍打时间
这是一首诗在空气中
找到了飞翔的动力
滑行又缓冲,像一个浪
像一句诗追着另一句诗
在江南古长城上此起彼伏
那些树上的橘子听了会流泪吗
好像一夜之间
地上全部铺满了诗句
其中有一半是江一郎的
出于模仿和真诚
姑娘们把自己的两个
也拿出来献给了诗歌
诗歌,你今夜的朗诵
会让一艘船出海吗

黄岩布袋山

你张开一个口子
飞鸟划过天际
大树长起来了
小草绿起来了
无名的野花啊
也到了十八岁的年纪
当弥勒回到故里
他就笑了

柔川

任何一条小川都是柔软的
哪怕我是一粒小石子
我也愿意在你的怀里
被洗得干干净净
而且没有了棱角
哪怕是在枯水季节
只要一想到你的名字
我就会暗暗地汹涌
我就成了另一条柔川
天天流过你的面前

杨梅

杨梅或者荔枝

都是性感的事物

古人好这一口

我们也不能免俗

但再想有新意就难了

准备一坛烧酒吧

三个月或半年

把杨梅浸在酒里

如同把岁月泡在诗里

你一颗,我一颗

就可一起聊聊吴越春秋

当微醺的时候

看到单眼皮的月亮

朝我眨了眨眼睛

几千年了,今夜亦是

月亮一直在航行

月亮并没有新意

但我们品尝的这颗杨梅

"落日池上酌,清风松下来"

来就来吧,谁还怕谁

如何招待一位唐朝诗人

如何招待一位唐朝诗人
一位,留座
有人准备了一桌宋宴

唐朝诗人不客气
吃完就走了
他用名气的碎银买了单

"给我们题一首诗吧"
唐朝诗人装作没有听见
是的,宋朝都戴助听器的

他还没有找到一曲新词
还怎么写一首新诗
下一次静默又在何时

儿童们也不用再问
一位,或两位
再问客从何处来

书法课

人人都在吆喝
水果正在腐烂
乔布斯和牛顿
都朝姑娘看了一眼

我悬腕到第三天
王羲之突然失踪了
据说皇帝把兰亭帖带走
儒生从此不可能再把字写好

那就写诗吧
给我一只螃蟹
在见到亲爱的之前
我一定口吐白沫或莲花

写,还是不写
或是继续装聋作哑
人人喜欢瘦金体
我不喜欢,因为我瘦不下来

一个时代瘦不下来
人们在谈论马踏飞燕
假设姑娘都是飞燕
一万匹快马来自蒙古高原

短剑

这么多年过去了
你删掉的东西才让我激动
你说那可能在旧手机里了
正如牛仔裤留了两个破洞

一个洞用来种丝瓜
到老了还能给你洗碗
一个洞藏了一把短剑
万一秦王要加你微信呢

知天命

五十步笑百步
孟夫子还说天将降大任于斯人也

斯人不在,斯人独憔悴
斯人到小卖部打酱油了

那么再想想孔夫子
子在川上曰:逝者如斯夫

斯夫思妇,织布机突然断了
我在大街上号啕大哭

不是我丢了手机
而是我找不到回家的路

古装微电影

孔子说三人行
孟子说要讲仁政
老子只好去看流水了
庄子就管自己梦蝶去了

老孔喜欢洗好澡再唱唱歌
老孟小时候爱看杀猪
老聃回家时城门已关
小庄想借鲲鹏玩个无人机

老墨就只好在家做木匠了
想用云梯解决堵车和雾霾
其他的子们说要立案立案
接着便是白马非马上微辣

老夫子啊老夫子
生不逢时,时不我待呀
死马也当活马医
这一路的荒腔走板,走起

今夜借小杜清明四句立此存据

清明时节雨纷纷
咣唧一声,绿皮火车一开动
你的一生就被推送了进去
那是连火箭和拯救都拉不回来的
只有那朵映山红是从火中回来的
只有那座有名和无名的山
还会不断生长荆棘丛生的春天

路上行人欲断魂呵
把招魂的幡当作了远航的帆
以为波浪就是大海和小河的谈判
最高级的表演是哭而不是笑
还有不断往自己的脑子里注水
所有的人都低头刷着手机
一抬头,唐朝的马跑回了秦汉

借问酒家何处有
压一压惊吧,既然压不住野火
那就培育整齐划一的课本和店招
下课的老师回到办公室
已经找不到他的那只茶杯

杯中生长出一些无根的绿萝
像这个时代的空虚和寂寥

牧童遥指杏花村
我问谁家的螺蛳最好
牧童不作声,原来他是一个模具
就像高速上那些站岗的人
就像诗人跪倒在字典面前
我把酒杯扔回了唐朝
我知道我离大海还十分遥远

什么是乡愁

唐诗之路上,一个朋友问
到底什么是乡愁

我去问了陈子昂
他一直在独怆然而涕下

我还去问了贺知章
他不回答客从何处来

自宋而降,人人开始上网课
直播的是古道上的马致远

他的瘦马太慢了,尚在路上
我开窗,一列高铁疾驶而过

我就是一千前的那个诗人

船可以靠岸的叫码头
靠不了岸的就是乡愁

靠不了岸的只能在水上漂
直到有人在河上走出一条纤道

能一起喝酒的是朋友
不能一起喝酒的只能叫诗友

朋友在一起就是诗
朋友不在一起才写诗

到高山上去写,到月亮上去写
把诗写成了酒,写成了火

有一天月亮沉到河里去了
我也就去河里捞月亮了

我就是一千年前的那个诗人
我一直住在月亮上,也住在水里

我一觉醒来，一千年就过去了
我回到乡里，听不懂他们在说些什么

第二辑

夜航船·大运河诗路

开船

不舍近，亦求远
远到忘了摇橹的节奏和时间
耳旁总是咿咿呀呀的唱腔
还有基本能懂的蔬菜和方言
曾在两坨泥巴之间放一碗水
邗沟也就是这样挖出来的
沟挖好了，水怎么不见了
后来才知这一路的凶险
当站在河埠头的人望眼欲穿
只有那千年的炊烟是不变的
历朝历代，只增删了一点点文字
有的化繁为简，有的语焉不详
有的以沉默承载博物馆的时间

很多时候就从家门口出发
从竹篱笆下面的那只小船
出发时还数了数水里的鸭子
而行囊中多了几枚咸鸭蛋
一路上曾背诵过先人的诗篇
到最后爱上了地方戏的唱段
从北到南，从南到北

凡是有运河流过的地方
就有繁华的码头和人烟
也曾想舀一碗水当酒
终于弃船登岸,翻坝过坎
把一部物理书高高吊起
然后书写广袤而乡土的诗篇
就靠一只船,夜泊枫桥
再撑一撑篙,就到了拱宸桥
我梦想成为一个说书人
因为口吃,我便成了一名诗人

夜航船

我写这首诗的时候
多数的灯已经睡了
多数的河流上已经没有船了
船靠着岸的枕头也睡了

睡了多好啊,没有灯光
灯光睡在河流的怀里
那是酒多了之后的酣睡
只要一醒来就又有戏了

酒喝了几百年
戏也演了上千年
当我漂在这夜航船上
我不知道今夕身在何处

我从杭州拱宸桥出发
一路经历了多少曲折波澜
我终于看到了一个塔
一个传说中的燃灯塔

我上岸之后,努力想把
舌头翘起来,且研究儿化音
当一条运河终于贯通南北
越剧和京剧都上演在梅兰芳大剧院

咿咿呀呀,抑扬顿挫
每一个河埠头都写满期盼
燃灯塔,把灯点进了人的心里
正如夜航船装满了诗歌的语言

谣曲：古运河流水1984

就从那天起你去洗衣服
纽扣同眼睛一起掉进了河里
肥皂盒也随吱嘎吱嘎的桨声漂去
就从那天起，肥皂不香了
纽扣也扣不住你，你心里慌兮兮
你不知道河里有个隋炀帝
就躲在你的肥皂盒里
河水一天天地流走
船已经不开过去
公路上吹来的灰尘
又给土墙里的外婆添了几丝年纪
她眯着眼睛一天到晚看太阳
外婆以前也是个宫女
头发像霉干菜那样
又黑又长又香
扯一根绕在手里
船就可以开到天上去
接多少妈妈从月亮上下来洗衣服
洗在吱嘎吱嘎的运河里
运河的流水一直流进了你的眼睛里
等龙船来时，你的

纽扣就变成了星星
太阳就变成了烧饼
隋炀帝就看中了你

神人兽面纹

反对诠释,但你可以猜想
不要这么早告诉我答案
我会举手回答,也会沉默
窗外飞过的一只鸟
它知晓人世的秘密了吗
我可能会画一张画
仅仅是涂鸦,用树枝和泥
画一个外星人来到地球
而我们也曾经是外星人
渐渐被驯化,正如将石头
打磨成套在脖子上的玉器
时间不是问题,工具更不是
从地上到地下,有没有一种仿戏
像兰花指一不小心排错了位置
而当一朵荷花也渐渐老去
我能接受的,仅仅是一点墨趣
正如在水边,水才是真正解决问题的
终极答案,答案就是反对诠释

稻可道

什么时候与水处理好了关系
我们就不愁没有饭吃了
被米饭喂养的人类
也有过饥馑的年月
那一年插秧时我直起腰来
农民伯伯说,小伙子哪有腰啊
所以我后来一直关注女生的腰
有没有出现鱼肚白的天际线

也恰好在你金黄而饱满的时候
只因一阵风,便产生了大地的旋律
在良渚,在南方
在水草丰沛的地方
一种植物养活了我们
哪怕仅仅从审美的角度
它和水的关系一直不是秘密
秘密是当我坐上高铁去远方
看窗外的大地
有没有稻田成了我的必修课
我知道某一种趋势不可挽回
正如我不敢打个瞌睡

因为上车和下车
都必须在两分钟时间里完成
这么短的时间
水稻是怎么生长的呢

良渚水边

一切发生于水边的故事
最后都可以用水来结束
不是吗,看那一丛芦苇
正在下午的阳光里摇曳

我本想写一首诗的
后来我拍了一张照片
这就像同义反复的一个词
几度易手,从左到右

后来我就写不出诗了
我只是希望见到芦苇
那芦苇也喜欢见到我
入冬了,风正从北方赶来

北方的并不一定是萧瑟的
你得张开饱经风霜的眼
在水边,那会流动的故事
欸乃一声,夜的一声长叹

安溪

就是你梦的那条溪吗
水一直在流,桥却不见了
据说一个叫沈括的宋人
最后睡在了这里

那我们怎么去彼岸呢
靠一种花名或想象吗
一个人在多少年后被谈论
而他自己却有口难辩

就靠写下的那些文字了
在安溪,在梦里
如果能让一部笔谈醒来
那整个世界都可安静地睡去

好吧,一条河现在有了阀门
开关只是意念一动的问题
在安溪,在正常和错乱的年代
我来过,我用了几个省略号

钱山漾

一定是渴,消费了最后的一个漾
我原来想象的是山,不是太高
是平原上略微隆起的山包
就像太平年代产生的良君
本无颂歌可唱,只因为无聊
我们竟然完成了一场合唱
且是多声部的,连地震和洪水
也没有阻止那一场演出
想想可笑吧,米和粟
可视不同程度而稀或硬
某人三过家门而不入
这正好跟今天相似,没有绿码
他怎么能和妻子孩子相聚呢
那天下的孩子都是他的孩子吗
传说并不是这样,传说有诸多版本
凡圣君降临或陨落,必有大旱
一定是渴,喝干了最后的大海
而让大海的骨头吐露了出来
所谓考古,无不如此这般

湖州千张包

至今想来,不全是肉欲
至今想来,也全是回忆
比如在英士街吃一碗馄饨
在孤山看一尊雕塑,也看雪
看新娘把能露的都露了出来
但她还藏着一些玄机
正像一个国家,如果仅靠暗杀
就能保住所有的坟墓和鲜花吗
湖光山色,平平而已
如果革命胜利了
我们就有千张包可吃了
不多,一人两个
再加一碗面,一碗酒
中午能打盹十五分钟
醒来就渐渐远离一点肉欲
那一条北山街,秋风一起
铺满了黄叶和乡思

梅花洲

小雪无雪,梅花正在赶来的路上
那棵银杏,隔着河望着另一棵
这年头值得对视的已经不多
除了天空,还不如俯首捡拾落叶
幸遇秀州书局,秀才说书
对不起,我们有点喧哗了
没有能押住一首旧诗的音韵
路过石佛寺,我没有走进去
在佛系的传说中,一朵梅花
已经等了我一千年
而我终于为她写了一首
可以立马删除的诗
也就是一首打不开的诗
梅花太难写了,到晚上
在一座老房子里忽然来了感觉
但我还是没有写出一首诗来
唯一能写的只有三个字:梅花洲

对于一只白鹭真假的争辩

在山水田园中
一只白鹭的存在是必需的
最好是有一群
我们看到它们的时候
它们正好翩翩飞过山水诗的页面
然后落在不远处的水汀边
但是如果只有一只
远远看去一动不动
一动不动的一只白鹭
至少就有了两种可能
真的,假的
正当我们争辩之时
那只白鹭扑地一下飞了起来
好像翅膀扇了两扇
一片天空立马就活了
好了,但凡是会飞的事物
在飞出了你的视野之后
我们就被永远地钉在地面上了
这就像我们写下的诗
只是对现实做了一点局部的装点

因为更多的真实让我们沉默
并且为刚才的争辩而羞愧难言

灶头画

推开窗,就是大片金黄的稻田
再给我一点时间,就会升起炊烟
老伯弯下腰,割下两株生菜
你说你找不到盐,我再递上一把柴
火又一次旺了,锅巴也就香了
这时我又注意到灶台上的画面
抱鱼的娃,仙鹤,白发爷爷
爷爷喊我阿建,把老酒拿来

银杏天鹅湖

我故意模糊了一些界线
也原谅了银杏叶的不够黄色
因为河水是足够清冽了
如果阳光是恰到好处
那在花草抵达之处
在色彩爬上墙头的地方
还可以看到芦苇的独舞
黑天鹅向我游来了
这是初冬里最温暖的感觉
我们就这样心照不宣
把心留在这一片水面
不要直接说出一些政治术语
等明年吧,我会在银杏叶上写诗
不管你给我看什么颜色
不养鱼怎么晒鱼干
不吃猪肉怎么热爱一棵毛竹
不,我需要的不是答案
我要的是两只天鹅向我游来时
相依相偎的感觉

比缓慢更慢的

比缓慢更慢的
是开在运河里的那些船
它们装着满满的石头和黄沙
在夜色里缓慢地行进
连岸上散步的人
感觉比驳船都要走得快
但是如果你看一眼别的风景
它真的是走远了

是啊,比缓慢更慢的
应该还有一条河流的内心
你站在岸上一眨眼
可能一千年过去了
千年之后的我们
跟船上的一株青菜
一束腊肉和一件内衣
正经过这一段河流

河流

很多时候
我并不想渡到对岸去
只是因为有岗哨和界碑
我才想再涉一次水

我看到了河流

我看到了河流
我看到浮着头的树在河流中打转
我看到河流就是往我的脚下流过
我不知道河流流向哪里
呵大海,一想到这个词
树就再也不可能向上生长了

我看到了河流
我在黄昏和早晨看到了河流
晚上睡觉时,我只是枕着河流
她们朝一个越来越窄的方向流去了
呵远方,一想到这个词
我就不想再走路了

我就这样看着河流
看着河流把那棵树渐渐地淹没
一直有好几天,河流是朝天边流去的
一直有好几天,我等着天渐渐改变颜色
呵,等天全暗下来之后
我就看不到河流了
我的世界就全是河流了

桃花运

在皋亭山
我们认真地谈论一朵桃花
正如某年三月
小邹和老金和我去了莫干山下
我拍了好几朵桃花
还想将她们撒在水面
在有毛竹的园子里
看鸡散步和冥思
老金突然哈哈大笑
小邹轻轻吟了一句古诗
我则打开一副牌
挑出一张红桃A
压在一张黑桃A上面
然后三个人一起说：
明年再来明年再来
明年坐一只船来看桃花

一船雪向我驶来

运河上一船雪向我驶来
好像一船冬天的等待
我说过了今天
我们就都融化了
是石子的去砌路
是煤就拿去烧了
如果是一个诺言呢
那就像此时我刻舟的剑……
一到春天的码头
还不到春天呢
只要一接近城市的霓虹
雪就可能化掉了
而它覆盖着的一船煤
这运河是否还载得动
那轻与重,那黑与白

萧绍运河

屏一口气,潜下去
一百年的流水
沉浮如此刻的斜阳
有谁还会读这样的诗句
"菜子黄,百花香"
岸边可还住着十五娘?

成虎路、定一路
运河流到哪里
衙前就在哪里
河边的小学放学了
"扑通,扑通"
一只只书包跳进了河里
可惜这只是我的假想

运河二通道

河道与水流从来都有隐喻
就像船上的汽笛,除了告知
我以为它也是在向我表白
可我假装睡着,假装躺平
对两岸的烟火气视而不见

真的不见,甚是想念
曾见船舱外挂着的一块腊肉
分明是在风上荡秋千
荡着荡着,水流向两边散开
我以为这便是流逝的岁月

见多了铁的手臂,向淤泥挖去
那塘石和木桩已经深埋多年
原来这里就是江河的一部分
它的出土究竟是好还是不好呢
没有标准答案,标准不时在修改

就像小时候玩泥巴,过家家
玩着玩着我们就长大并发呆
在河边,看船的行驶是必修课

如果船不来了,码头还有什么用
如果码头也没有了,我还有什么梦

梦还是有的,先是广济桥的梦
再是拱宸桥,桥边有些雕塑
只有到了晚上,到了梦里
桨又划起来了,戏也唱起来了
船上的汽笛从很远很远处传来

上林湖

一定要在烟雨迷蒙时
划过静静的湖面
如一青瓷的碎片
而最终的沉没
是因为我热烈地爱过
在回忆的火焰中
我划动寒冬的船桨
想要探究地表深处的谜

也想学一声鹤鸣
高蹈于渔舟和蓑衣之上
我在照镜子时
也照出了尘世的声音
我想抚平一切波纹
就做湖水中的一条鱼吧
游进越窑青瓷的碗
从生活过渡到审美
犹如面对一湖的美酒

听瓷

火焰的心跳,大地的呼吸
波与波的咏诵,水与水的低语
那是我敲打你,你敲打我
是鱼和水的一场游戏
淅淅沥沥,叮咚叮咚
那是天地之间的韵律

树叶的舞蹈,湖水的气息
一个眼神,沉睡就被唤醒
那是我看着你,你看着我
仿佛交流古老的手艺
嘭嘭嗡嗡,铿铿锵锵
聚光灯下,完成最后的造型

观越窑青瓷瓯乐表演

你抱着一尊瓷瓶
就像一位母亲
抱着一个孩子
不时地嬉戏和逗乐
有时还要或轻或重地拍击
人们说这就是在奏乐
孩子高兴或者悲伤
就会发出各种声音
这是器皿的声音
更是人的声音
那是从大地深处发出的
如天籁般的声音
像轻风和流水
像倾诉和呜咽
最后孩子睡着了
你也睡着了
而我和这个世界的耳朵
却一直醒在那里

大运河组曲：思入云水间（组诗）

之一：二胡与乐队·穆桂英挂帅

一个女人舞枪弄棍的时代
男人们肯定在模仿竹林七贤
公元1976年，音乐老师问
二胡有几个调
一刹那，所有的二胡都傻掉了
从此，我也不再杀鸡杀鸭

穆桂英应该比1976生得更早
也不可能打完一圈麻将之后
再跟公婆说长道短的
那个节奏啊那个调
我在老家下霜的屋子里时常踩到
由此感慨人生易老天不老
除了水袖和眼泪
儿时的社戏还有高腔直冲云霄
这个时候，我们的穆桂英
桌子一拍就成了我们的父亲
走！大雨铺天盖地啊
天漏了怎么办，怎么办

一滴一滴　落在了
1980年代的最后一个夜晚

很多的时候，一颗话梅
就可以消磨一个乐队
偶尔有手机的蜂鸣
我不接，因为战争打不起来的
我教过无数遍《花木兰》
太可笑了，一个平胸的朝代
还要去平匈奴，除非我愿意
改了白天听肖邦的习惯
那么晚上还是排练吧
就让一把二胡挂帅
让一个传说在两根弦上疾跑
那是无助的历史啊
一个民族靠藏起女子的乳房
就能击退来犯者吗？

呵呵，一把二胡和乐队
今晚就是一个女子和大海

之二:竹笛、古筝与弦乐队·咏竹

把一棵竹子搬到台上
这是人的一种姿态
也可用来挂香肠和鱼干
凡事都需要一些想象
怎样让空灵的气息附在肉身上
竹林七贤,毕竟和我们相距甚远
然而今晚我觉得我也是一根竹子
亭亭地游在南方的水面上

此刻一学筝的女生坐在我身旁
告诉我那个筝的发声有点不一样
是的,筝早去了远方
我们听到的筝是由记忆制成的
纤纤玉手啊,你除了能迎接钻戒
还真的能拨动心弦吗

竹笛对古筝说
把你的裙子穿穿好
古筝对竹笛说

把你的裤线拉拉直
弦乐队烦了
我们可全是西装呵
此刻,我是喜欢西装和长裙的
这就是一个弦乐队的装束
他们符合我抒情的口味
正如几片绿茶慢慢沉入杯底
今夜的弦乐来自礼乐之邦
好像丝绸擦拭着夜晚的西窗

那么一棵竹子一定在找另一棵竹子
否则风为什么只在竹林中穿行
却不能吹起女子的裙裾
竹子也一定是南方的颜色
它只能承负薄雪的季节
不能指望它替天行道的
道,往往一激动就把弦给绷断了
道,有时就附在一薄薄的竹衣上
吹得好无比美妙,若是不好
就让一棵竹独自老去吧
这不影响远去的流水的

之三:琵琶与乐队·田歌与民谣

一个没有民谣的族群
是没有魂的,出海的人
就不会随着鸥群回来的

回来的永远是那么几个音符
就像女子手上的那一点针线
那是要贴着肉牵着魂的

没有回来的,此刻都在琵琶的手上
云的方向和鸟的翅膀
把落叶全弹成了惆怅

永远是在低回反复
就像海浪不断冲着礁石
那排空升腾的浪花
就是那女子的嘈嘈切切

就是抱着那半轮月亮
抱着一个海岛的全部神祇啊

吾国吾民，吾乡吾土
永远在反复一个旋律

那是琵琶和女子
组成的一部乡愁
正在台上浅吟低唱

之四：合唱交响乐·山河回响

我听见的是人声
是喧闹翻滚，打击天空
是再生的李白站在长江边
把一部浩瀚的唐诗撒在江里
我就是从浪里飞起来的一只鸟啊
我就是巫峡瞿塘　我就是蜀客猿声
我想歌唱，我用全部的沉默
吟唱运河，歌唱长江

我听出的是川音和鄂声
我听出的是吴语和越语

或悠长或急促的气息
他们不是在咬字
而是在咬着缆绳和礁石
咬着一条粗重的江河的首和尾
君住长江头　我住长江尾
日日思君不见君
江河在交汇
那是一个民族的千年流向

我看见的是巫山云雨
我经过的从北方到南方
我在浑浊中坚持清澈的底线
我相信屈夫子就是这样逐浪随波的
我相信一渠一沟里有祖先的想象
当河床改变了走向　当鱼也可以圈养
那么就在音乐中做一个游荡的水鬼吧
我听到的会不会就是山河的绝响

之五:弦乐四重奏·形式高于一切

比如弦乐四重奏
现在常用来给打斗配乐
比如女士向你献花
你却叫不出花的名字

我喜欢苏东坡已经多年
现在人们是各取所需
在食有肉和居无竹的时代里
油腻者可能就是一个素食者

就像看杭州西湖的角度
以一朵荷花还是一树桂花
哪个女孩还取名荷与桂呢
那就好,姓名终结了一个时代

我们开始哼哼哈哈
多年后才知道荷花和莲子的关系
尝试在一只酱缸里种莲花
心封闭了,就在庭院中装一个天井

他们说弹琵琶的原来是个诗人
我以为一下子回到了唐朝
唐朝的气温有这么高吗
可喜的是鲜荔枝可以放进冰箱了

好吧,我不敢说我听懂了什么
我只想说这个夜晚有点古典
散场之后我去打的
所有的司机都告诉我不准掉头

我要从南走到北(组诗)

　　2020年8月27日至9月3日,参加江苏、浙江、上海和安徽作协采风团从徐州到杭州的大运河采风活动。
　　2021年10月13日,参加北京十月文学周活动,到通州北运河采风。

通州燃灯塔

把灯点到塔上去
把灯点到你身体里去
你的身体曾是封闭的
自从开凿了运河
缠绕的水草已经阻挡不了
夜半钟声的敲响
那第一只从寺檐飞起的晨鸟

是的,我依然是个行脚僧
也是在暗夜里燃烧
直到看到燃灯塔
我便多喝了一壶

一路上咿咿呀呀地唱
直到在水里,看到另一个我
另一座燃灯塔

窑湾拉洋片

湾看到了,窑没有看到
你说曾是火和砖,我说不是
那是夜航船欲望号的停泊点

何必遮遮掩掩,又要子孙繁衍
就像回看小时候的拉洋片
总是在最诱人处,还要加钱

加就加呗,大不了不回去了
从水中来,还是要回到水中去
小蝌蚪长大后,还想看拉洋片

龙王庙行宫

大水冲了龙王庙
这是宿迁一名的由来吗

而当皇帝下榻于此
史官们就纷纷失眠了

正史让位给演义
演义让位给口水

口水是另一条运河
那上面永远行着龙船

看月亮的方式

你说要到园子里看月亮
我说抬头就是月亮
你说要园子里的那一个

可是园子已经锁上了门
如何进入这个园子
我想了整整一千年

曾想挖一口井来存放月光
就有人想去捞,捞到了还好
捞不到世间就会多一些诗人

也可以先画一个园子
再画上你,画上一个梦游者
他错过了园子,没有错过月光

扬州浮生记

有一张可以掀开的门帘
你站起来问我喝什么
我要了一杯海边的卡夫卡

波浪是有的,轻轻地一吹
泡沫就不见了美丽的图案

浮生还在，谁在乎这半日闲

十年一觉扬州梦
多么拥挤的一条小巷呀
手绘地图也可以导航吗

你说不可以，你又说可以
这可能就是大海的全部秘密
潮水退去之后，一切重回宁静

从扬州到镇江遇杭州老乡龚自珍

八月的最后一天
从扬州到镇江
采了一天的风
但没有一片树叶为此而抖动
船驶在运河的时候
我看到了一个塔
杭州人龚自珍在此写下
我劝天公重抖擞

从己亥到庚子
我们的船在这运河上
完成了多少次的内循环
人们之所以还记得诗人
是因为风景不够了
所有的树叶都像假的一样
风暴也迟迟没有到来
游在运河里的鱼
开始浮出头来呼吸
八月的最后一天
意味着从九月的开始
天公并没有听见诗人的声音

镇江西津渡

瓜洲吃瓜，云台登临
江山悠悠，江山自古多易手
江就是长江，山就是蒜山
王安石写下《泊船瓜洲》
谁开凿了千古邗沟

谁又能救民于水火
谁能超度芸芸众生
请马可·波罗品一碟陈醋吧
柴米油盐,江山悠悠
春风又绿江南岸
春风又将明月粉刷了一遍

夜行苏州平江路

一个表情包的拥抱
和一个真实的拥抱
中间
隔了从苏州到南京的
一场雨
苏州是蓝天塔影
南京是有一个女生
一不小心踩到了水里
她抬头一看
已不见了昨夜的月亮
月亮已掉进运河里

刚才听一出苏昆

我也录了一段视频

看到的人说

怎么台上的人比台下要多

我说就像懂你的知音

往往只有我一个

漫山岛上的鸟

> 太湖漫山小学的旧址上，现建有一个鸟类图书馆，那里陈列着各种关于鸟类的图书。据介绍，现在漫山岛上已有野生鸟类160多种，中国科学院动物研究所在岛上设立了相关数据的采集点。

我走近湖面时

突然飞起几只水鸟

噗噗噗地划出美丽的弧线

就像一道彩虹

挂在太湖漫山岛的天空

是的，所有的小鸟都飞走了
只剩下一所空空的小学
空空地回荡着鸟的叫声
而现在他们又回来了
喜鹊、黄鹂、伯劳
"玩吧，到花园里去"
这是一本书的名字
这是鸟的花园，鸟的天堂

叽叽喳喳的，就像过年时
所有的小鸟都回来了
他们又回到了漫山岛
回到了初次起飞的地方
一直到老，飞不动了
就都栖息在鸟类图书馆里

双山岛的野芦苇

"真的还是假的?"
诗人指着远方的一只鸟
一只白鹭
它一动也不动
以野芦苇为背景
在天地之间拗着个造型

"真的!假的!"
"假的!真的!"

最后诗人们沉默了
因为那只似真似假的白鹭
嗖地一下飞了起来
"一行白鹭上青天"
这的确是在东吴
远处还有长江上的船

而我还偏要续一下貂
"这芦苇是野生还是种植的?"

再也没有人理我了
他们都去追那只白鹭了

寒山寺

我抄写了四遍寒山寺
小丁还没有把球打进洞里
枕边的退烧药突然恼了
你为什么不把我吃下去

我想变成寒山
我又渐渐躁热了起来
小孩磨牙了，老人梦遗了
我起床躲进了冰箱里

寒山寺之二

路过而没有进去
像那首读了一千年的诗

一块肉，在时间中渐渐风干
埋入中午的一碗面
流水和船在行进中
要防止的是手机掉入水中
没有信号，也可以让一个人名
成为千古的符号
我很想问问诗人张继
你还能给我们写一首诗吗
而善于激辩的寒山
因为有了夜半钟声
他就可以沉默不语了
是啊，一个诗人
只有写下时间的流水
才会被流水记住

苏州流水

苏州回来后我在想
那个地方的王是失败的
现在还留下一些地名

读出来应该满是怨屈的
但我看今天苏州的那些桥
那流水那弧度是多么优美
她们都好像是苏州的王后
连空气和语音都是滋润的
连一碗面都是干干净净的
放不放葱，放多少
都是很有讲究的
还有那一碗汤
那一曲弹词
让人会把脚步慢下来
慢到运河流水的节奏
所以我下次还是要去苏州
白天事多去不了
晚上再去吧
还是那班夜航船
还是沿着古运河
从越剧到昆曲
学习和模仿流水的发音

夜航船之二

慢有慢的好处
开花也慢,衰败也慢
剥一颗花生米一样的慢
如果天明可以抵达上岸
那究竟还要甩几副牌
抓到几个司令遇到几颗炸弹
真真假假,脸红了又白
如果真有快乐,那最好也还要慢
夜黑了就慢慢地等她白起来
人可以在任何地方睡觉
而坐一趟夜航船去苏杭
坐你对面的那个,可能就是
穿越回来的张岱
不要跟他谈浮生往事
直接给他订一张高铁票
送他回红码的明朝

写于中国(淮安)戏曲博物馆(组诗)

林冲夜奔

京剧的鼓点,越剧的腰身
"官人,你去去就回吗?"

路途迢迢啊,一路上高衙内们
突然起善心办起了归化院

刀该出鞘吗,那个递刀的人
踩住了林夫人的裙裾

林夫人在白月光下
正准备舞一曲送别的诗

可是林大人没有车票
又怎么登上夜行列车

你有多久没有听过马的嘶鸣了
你有多久没有看见火车进山洞了

雨终于从北宋下到了南宋
木材厂里长出了另一片森林

武松打虎

一生都在后悔的事情
不是酒多喝了一口
而是景阳冈成了风景点
他们竟然还叫卖大哥的炊饼

早上送侄儿去上学
能感觉背影也是热的
伊的目光总像沸了的温泉
于是科考队就开始来镇上打井

水汩汩地往上喷了出来
广场就是这样诞生的呀
王婆跳了一圈便来汇报
药店里又新到了一副虎骨

真是老套啊,双黄连一样的苦
你说又说不出来,那个年代的
粤语歌早把感情都已唱完
如今,西门庆每周也跑半马

而且马上就要举办大赛
安保猛于虎,半点马虎不得
我一个老单身汉,影如猛虎
微波炉里尚存一杯温暖的酸奶

武松再打虎

终于轮到登场了
老虎也刚刚喝过一壶
它有点小瞧公务员出身的
武松,与武大自小手足情深
一个高大如松,一个矮小如虫
但这不是全部,正如老虎
它更多的寓意在于丛林法则

没有了法，就是一根哨棒
在潘金莲面前，还要再打五折
虎皮穿上之后，再脱下亦麻烦
同一组人物，在两部小说中
越走越远，远到望远镜
被一掌拍碎，或是一手遮天
一直要到结尾才完成归化

说时迟，那时快
快到怎样才算快
刀起头落抑或如高铁出穴
车厢里有几只宠物猫
被画成了带王字的虎
这意味着所有的虎鞭
也就是广播里说的那个梦

再或者，结尾就是再掉个头
武松和虎最后握手言和
谢幕谢幕，最后幕拉不上了
好吧，小朋友们重新练习
三横一竖，关键还是那竖

像一根哨棒,回到杭州九里松

黛玉葬花

过午不食,而我那时才睁开眼睛
传说用露水做的滴眼剂
更多地是一种安慰

看了太多不该看的
就像那些成天戴墨镜的人
他们害怕真相是由皱纹引起的

真相永远是一抔黄土
最多还有一棵树
以及二代或三代的枝叶

是的,太伤感了
也并非是因为春天
因为一朵花的开放或凋谢

假如她真的爱你
或者你真的娶了她
那应该去逛花市呀

案一定是会举起来的
眉有可能一高一低
美甲店门口有小学生在张望

那么还是点一曲越剧吧
哪个会唱，我就跟她唱
小龙虾无比热爱炎热的夏天

牡丹亭

唱支小曲给唐听，譬如牡丹
那一年我仅仅停靠过洛阳车站
我所带的行李中，没有浓墨重彩
过安检无虞，喝一口矿泉水
是因为我渴了，而不是为了浇花

我对花无感,对人和蔬菜有感
但我也会在一幅画面前揣摩再三
有时候,人对花并不直接产生联想
而当人人都领到一部美学辞典时
我只有平躺下来,以此产生峰峦

正如我看湖心亭或孤山,一梦不醒
这些年我越来越怀疑倒影和波涛
这也会影响光线明暗下的手感
有时为了鲜艳一点,我会喷一些水
就像蒸一条咸鱼时会喷上一点烧酒

我就是一条咸鱼,一夜翻身数次
醒来方知是梦,长久地站着或跪着
是否也会产生诸如此类的快感
杜丽娘,柳梦梅,有谁会相信
除了我,除了在淮安戏曲博物馆

老照片

所有的照片都会老去
唯水袖和兰花指永葆魅力
就像门口的这条运河
只要它的水不枯竭
就会永远有故事发生

有些故事我们不知道
于是专门有人编故事
有些故事很久远了
你一定要细细地看
锣鼓点响起来的时候
你看,她那时多少年轻

年轻如早晨起来
就想着夜能黑下来
黑到伸手不见五指时
你才知道什么叫人世的白
你就在她的唱腔里
慢慢也成了一张老照片

拱宸桥或通济桥

我大约写过十首拱宸桥
我没有写过一首通济桥

熟了,就写不出什么了
俗了,一写诗我就俗了

只有长久地看着这一座桥
一动也不动地看船从桥下经过

而我也是那个经过的人
正要去赶一场人间大戏

我知道运河的酒只要喝一口
我就不想站起来再写大海了

第三辑

乡村志·钱塘江诗路

钱江源·马金溪

一定是从一滴水开始的
一条江的族谱徐徐展开
当我来到元月的马金溪
阳光化成了江上的彩笔

那最清澈最透明的书写
就是诗的流淌,白居易
一个唐朝为此停下脚步
而我们则纷纷举起酒杯

那些在溪里游泳的小鱼
哪里修来的福气,城里人
时常在讨论江景房湖景房
殊不知这才是诗意的故乡

一条江的故乡,马金溪
我还能不能再溯流而上
就像沿着一条根深入泥土
泥土的深处就是大地的脉息

常山

常识的常,高山的山
胡柚生长在树上
诗歌从石头里歌唱

无论走到何方
心里永远有一座文峰塔
标示着故乡的高度和重量

即使深游于湖底
一座座的森林
能把天空澄澈照亮

高山的山,常识的常
自唐以降,最美的宋词
原来都长在田里,挂在树上

月亮湾

我们怎么到月亮上去
带一个胡柚
还是带一块石头

我们怎么把月亮请下来
怎么让思念的网
打捞1800岁的常山

清澈而深幽的月亮湾啊
一半是现实,一半是想象
这正是月亮睡觉的地方

我们睡了,月亮不睡
月亮睡了,我们不睡
月亮和我们睡了,诗歌还醒着

石头记

把诗刻在石头上
不如把石头写进诗里

爱一块石头
就是在爱我们的星球

哪怕化成了尘埃
那也是我们的宇宙

宇宙太大,不谈也罢
要谈就谈家常的常山

雨中的江山

雨中的江山,雨中的六月
一座塔怅对着另一座塔
中间的须江静静地吃一碗面
面汤上覆盖着廿八都的咸菜

还有豆腐,更老的豆腐
像一群土匪闯进仙霞关
算了吧,江山也有百家姓
红烧肉却是人人所爱

还有那个小炭炉,雨
下着下着就变成了雪
雪下着下着就成了风景
我指着风景说,这就是江山

江郎山

上去要刷卡,下来就不用了
下来可以慢慢地航拍
恐高者除外,爬行者除外
一千年后这里也还是古道

热肠呢,说好的自助餐呢
要一杯啤酒再加若干泡沫
过了这个夏天天就凉了
凡上去过的都还要下来

丹霞地貌说

血流得太多了,山也呈红色
又不能太红,就用雨水来洗
连野史的石料都还不够
这些年家谱和族谱都不够用了

正如考证白毛乌骨鸡的谱系
在水边已经难觅它们的踪迹
连特工都基本要靠群演
一人上火,全城都在灭火

不红是不可能的,天知道
大白鹅也被邀去拗造型了
从木头上生长出来的
渐渐都石化成表情符号

衢江的秋

我第一次见衢江的秋
逆光的江水静静地流

我不相信眼睛看到的
我想装一对翅膀而飞翔

我也不相信高处的俯瞰
我愿变成一艘行驶的船

我想更进一步地亲近呵
让我变成一条鱼如何

我在橘林中间游来游去
我还想重新回到树上去

那波光那倒影,谁轻叹一声
谁惊动了我梦中衢江的秋

过衢江盈川,恰逢唐代诗人杨炯生日

那个把面条挂在筷子和嘴巴中间的
很像把一首诗挂在一千年之间
在很乡很土的祠堂旁边
恰好有个码头,那时水还很丰沛
盈川就这么流淌了起来
但怎么就突然缺水了呢
是谁把衢江私藏了起来
就像一坛酒,要等一首诗来开封
但这首诗迟迟没有写出来

县令杨炯说让我来试试吧
结果他就在水里沉下去了
而一部唐诗从此升了起来
一个时代从此跟盈川有关
于是在农历九月廿九日
乡人们翻过那一页无字的旧纸
围坐在一起吃一碗暖暖的面

橘子熟了：写给湖仁

橘子熟了
毛线衣里的两只橘子
从庸常中滚出来的两只橘子

那是在深秋来临之时
寒霜在大地上铺下白纸
让我书写两只温暖的橘子

她们是怎么从树上摘下来的
又是经过了谁的手
谁的手配得上这样的橘子

谁的手闻到了太阳的气息
一只橘子和另一只橘子
相遇在一个叫湖仁的村庄里

两只橘子最后都被我吃掉了
从此毛衣就不温暖了
从此我就记挂着这个橘园

李清照

江水流到了八婺
女生在水边顾影自盼
一登上楼,女生更适宜做诗人
宋朝也更适宜写诗
再说又嫁了一个好丈夫
如果还会喝酒和打牌
又不按作息时间睡眠
如果又遇上国破家亡
如果又常常登高思乡
那好诗人就是你了

黄宾虹

下午去看黄宾虹
看着看着有点冷
我其实想对他说
阳光打在白墙上的竹影
因为年代和角度的原因
一直暖不起来

一直到电线穿过我头顶
一直到被单在空中跳舞
一直到树叶学会发来短信
也一直到四个人坐成牌局
我才想说再见了,黄宾虹
从徽州走到了宾虹大道

九峰山

在九峰的怀里我迟迟不肯睡去
我想着下伊的伊,伊人的伊
伊的月亮啊
还没有从伊的峰峦上升起
我就随手抓了一把伊的星星
朝窗外一撒,第二天推窗一看
禾苗已青,大麦已黄
伊人站在水库边
朝我抛了一个柔柔的伊

汤溪民谣

衰老在所难免，捂脸在所难免
一颗桑葚之坠落在所难免
嘴唇涂红在所难免
脸色煞白在所难免
古井里打捞小白脸
一回过身去江山已改
春夏之交在所难免
炮弹打偏在所难免
两手抱在胸前在所难免
买一块豆腐来撞啊撞
撞得头破血流在所难免
头发越来越少在所难免
狗比小孩要多在所难免
一棵青菜晒在明朝在所难免
一棵白菜烂在清朝在所难免
一锅汤溪烧啊烧
一群妹子撩啊撩
从上境到下伊并非向下
向下在所难免
从厚大到岭边并非边缘
边缘在所难免

我喊一声梯田的方言
一步一步往上爬的方言
听懂听不懂都在所难免

兰溪：养蜂人说养蜂

在李渔路的一个小区里
依然飞着一只蜜蜂
它曾从祁连山飞到阿克苏
有一年春天
又飞到了皖南
皖南的油菜花飞进了照片里
随后他听到了教堂的钟声
钟声敲了好多下
有人要拆十字架
那是他爷爷敲的钟
他想着他的爷爷
从此他飞回了兰溪
从此他再也没有飞出过李渔路
油菜花还是年年开的
而他说：兰溪的春天
是通过一只蜜蜂告诉他的
春天来自那遥远的祁连山

方岩纪静

把太阳刻进石岩里
精神便有了血色的印记
草木葱茏,香火缭绕
那是另一种加持
正如多年前我就来过
听陈亮和朱熹的课
我今天分行的诗
就是当年的听课笔记
其中有几页佚失在下山的风里
如鸟归巢,如手机的信号
因为我越是走进方岩
越能感觉到我的心跳

五峰书院

我相信某些东西
就像把豆腐和萝卜丝包进饼里
就像在火上把南瓜烤成了饼
就像那天在上方岩的路上
听到一支悠扬的笛曲
我相信某些东西
相信古老的传说
相信在一座山老去的时候
一座庙也在老去
我就喜欢这样地老去
喜欢看山体的皱纹
那才是祖上也读过的古籍
我相信某些东西
相信天上的云和山上的树
还有西津桥上那年轻的身影
在这个九月的秋天里
正怀着新的阳光在等一场雨
她会让我们抬起头来
这时的五峰书院
就会伴着我一生的淅淅沥沥

乡村叙事练习（组诗）

在桐庐凤川谈论青菜

让一棵青菜成为咸菜
最好在农家的屋檐下进行
老大娘说，过年九十三了
每天能吃一顿国家的白饭

我突然变得词穷
正如面对墙上的青苔
接下去便是一根烟的静默
一只狗向我跑了过来

最后的话题还是青菜
甲说这些青菜长得真好看
乙说这些青菜魂灵儿还在
丙说这青菜像小时候的青菜

环溪

我已经第二次涉入这溪水

那一次我对她说

我不会再回来了

正这么说的时候

她变成了一座桥

我变成了桥下的流水

稻草

你可以看到花，看到树

看到灯笼挂在裤衩旁边

看到老人和孩子站在雨天里

看到稻田刚刚理过头发

看到远山的胡子渐渐黑了起来

但你看到散步的鸡了吗

看到特立独行的猪了吗

你还见过稻草吗，田里家里

还有那一阵风吹来

漫天飞舞的情形吗

你还听到过敲钟的声音吗
你还见到过升旗的情形吗
那棵大樟树下，水井还在吗
到了该学草编的年纪了
到了该添一把火的时候了

但是稻草没有了
草木灰也没有了
你们所说的草根
仅仅是黑板上的修辞
田野里已经不生长语言

没有了田，没有了野
没有了一直陪伴的麻雀
当麻雀找不到电线杆
稻田里也没有了稻草人
没有了稻草就没有了人

红灯笼

我一般对红灯笼不作评价
因为涉及审美和时风
它更多地是一种道具
是某部流行剧的脸面

也像某一条夜航船
从明末清初驶出
用并不存在的水珠
给乡村挂上一个个句点

有时在大太阳底下
你分不清这些红灯笼
到底是一种光的家园呢
又或者是一种纸糊的温暖

大雪封山

1月15日上午,我在岩山看到几朵映山红

胆怯的，却又是无畏的
我怀疑，同行者说是映山红
我突然想起昨天在凤川街上
看到"大雪封山"的字眼
而距它七步远的地方
是一个馒头店
热气弥漫得像一场电影的片段
中午我吃了馒头
里面再夹一块肥肉
他们说馒头是松软的好
我知道这是一语双关
双关，就像我一屁股坐在雪地上
就像一场雪真的封了山

萧山楼塔

灶膛一般是在一楼
偶尔到二楼去看看雨中的瓦片
那几只燕子又该回来了

那谁又能上三楼呢
三楼应该藏着那个字谜的答案
我找了找,还是找不到

而李叔同径直上了三楼
丰子恺一直住在二楼半
而我,在一楼看他们的照片

这故事跟楼塔没有关系
所有的塔,都曾破烂且重修了
我放下饭碗,转身又看了塔一眼

我常常想起孟浩然

至少有十年
我常常想起孟浩然
开轩面场圃,把酒话桑麻
它表达了诗人怎样的情感
恰好,我要讲述的时候鞋带散了

过故人庄，当年的学生
房子住得都比我大了
而那络麻的汁水是永远也洗不掉的呀
还有那土烧酒，梅雨天的火
可以煮一壶茶的，再喝一杯吧
我从窗口望出去
树上挂着的鱼跳出了半坡的碗

至少有十年，麦子一直往我的裤管里钻
至少有十年，油菜花一直在晃着我的眼
至少有十年，乡民会请我去他们家吃饭
说实话，我一餐也没有去吃过
因为至少有十年，同一份语文试卷
孟浩然的问题我一直答不上来

富春江上(组诗)

黄公望

那天喝过酒之后
你把一条江抱在怀里
有的山峰不肯俯首
你就一一做了标注
然后呼呼睡去了

醒来才发现江山已改
江山的腰开始变瘦
她们还叫富春吗
一只只船成了高楼
谁还在唱问君能有几多愁

东梓关

最后一点点古意正在逝去
在老码头,石碑以新换旧
在远离新房子的地方
尚有一只小舟卧于江上

江面宽阔，兼有三两棵树
冬天尚且萧瑟
雪意犹存，信号较弱
我正想着哪家在杀年猪
一点点猪血
在今天也是多么来之不易
何况还要止血止戈
曾经舞枪弄棍，跌打损伤
良医良药兼良民，曾当饭吃
读书人正在到处寻找杀猪饭
千岁的孟母打开手机一看
通知说培训班统统停办

年初一致徐老师，寻碧沼寺而不遇

暮色又兼秋雨，路牌闪烁
导航显示还有一点五公里
左转弯上坡，油门没有熄火
一棵大树撑开一块空地
暮色四合，户户闭门

大概有三分钟,犬声响起
问一妇人:碧沼寺在哪里

"我嫁过来的时候就没有了"

我看了看山的方向
似有断墙,也疑是一处工地
好了,可以相信纸上的东西了
"那为什么还有路牌呢"
答案是这个村就叫碧沼寺
回程,人人沉默不语
唯一有动静的还是雨刮器
它刮掉了多少的风风雨雨

鹳山怀郁

> 话别富春沦陷日,杜鹃血泪泣千回。
>
> ——陈碧岑

在风景的最佳处看风景
流水正好一百年

郁曼陀登船没有归来
郁达夫登船没有归来
郁养吾做了一生的郎中
是当年考公务员而未中

夫人孙荃在风景处写诗
海上仙槎消息断，雪花满眼不胜愁
夫人陈碧岑写这里的风景
一家羁旅留京国，千里音书望暮云

当一个女子喜欢诗歌
你是教她还是不教她
当山河破碎之时
打补丁的衣服是否体面

曼陀沪上中枪倒下的时候
春江里是否有鱼跳将出来
当达夫被宪兵扼住喉咙时

那一年的迟桂花没有开放

不知郁老太太是否写诗
曾在灶壁里藏下儿子的手稿
她是一个弱女子?
不,一门三烈祭春江

养吾先生看了一生的病
这才是最为精彩的部分
一个从京城归来的西医
在县城,渐成一种风景

在风景的最佳处看风景
风景里的人,别来无恙乎

老电影:一江春水向东流

是的,老电影
她已经从楼上跳下去了
比较而言,我更喜欢万家灯火

如果将背景放在1966年
有的地方还没通电,有的时常停电
而发电厂就在上游发电
等我们看到黑白片已是1978年
叶浅予开始创作富春山居新图
从六和塔到七里泷,这色彩啊
当我少年时看到上官云珠的照片
就像一刹那的触电
才知道美好一直就存在
正如富阳有一个叫上官乡的
出产冬笋和羽毛球拍
如过多考虑风向问题
球也还是会时常出界

出界,把球再捡回来
改一改,删掉某个敏感词
再跑到袁浦东江嘴的江边
看:我的那片羽毛飘下来了

在桐洲试划皮艇且躺平

江水是怎么看群山的
飞过群山的飞鸟
又是怎么看渔舟的

自从有了无人机
人们习惯于俯瞰
只拿一个手指头出来
对着镜头来指点江山

那张纸从火中被救出之后
也终是要被捅破的
至少我会划上几桨

从桐洲岛划到东梓关
当我把身体往后躺平时
我才读懂了这七言诗
一川如画富春江

雨中路旁看见董邦达墓的字样

去渌渚看孝子周雄的时候
雨中路旁看见董邦达墓的字样

"富阳人为什么这么牛
是因为董邦达董诰父子
而并不是因为黄公望"

一个曾在富阳插队的学长这么说
那他们是天生会做官又会画画
看多了清宫戏,你怎么想

突然想到周雄,淹死的人被奉为水神
要是曹娥学会了游泳,还有没有曹娥江

有的,一个名字时常被人记起
还是因为他们曾经住在江边
人人渴望大海,又害怕汹涌的海浪

陪孟浩然罗隐考察江鲜事业

一个孟浩然,一个罗隐
我陪他们沿江考察江鲜事业
从西兴驿到闻家堰
然后坐一班渡船到袁浦
再不坐就要封航了
沿南北大塘,过桑园地村
那些养在盆里,打着氧气泵的
还是你们当年的鱼虾吗
罗老师曾经劝过钱王且语重心长
"我鱼池里的水也是江水呀"
江水泱泱,江天茫茫
手脚同时一使劲,一声口令
就从钱塘江划进了富春江

那个严子陵呀,他的钓竿
不知被没收多少回了
到最后他就站在江边
用目光来钓古往今来的骚客
过东梓关时,我的骨头隐隐作痛

那怎么办呢,那就谈论一种鱼
如谈论一首唐诗的格律
过烟雨桐洲,吉祥寺的钟声
会不会是在播放录音,寺已不存
怀的是什么古呢,还是皮划艇好
单人单桨,山巅一寺一壶酒
孟老罗老渐渐跟不上π的节奏
"看到炊烟你们就上岸吧"
我去把子久先生请来一起喝酒
听说他家里有一条六百年前的鱼干

绝大部分的黑暗

你放下酒杯问我
那顶上亮着灯的是什么山
我这才注意看那灯的方向
那绝大部分的山
那绝大部分的黑暗

大约沉默了一分钟
泡沫又注满了酒杯
我再一次看了看远处的灯
还有那绝大部分的黑暗
那绝大部分的山

回去的路上酒全醒了
我融入了绝大部分的黑暗

钱塘江古海塘

一退再退,一退再退
再退就退到前朝往事了

一顶再顶,一顶再顶
再顶大海也就粉碎了

一想再想,一来再来
光凭想象我就长出了野草

那是在石头与石头之间
那是在岁月与岁月之间

这是没有见过浪的野草
这也是我匆匆行走的草稿

但是要谢谢你啊,古海塘
我又见了一次沉默的浪潮

那么多年,也只是几个朝代
潮汐的力量在变大还是变小

好像是在宋朝的江边

一条江的流淌和一朵花的开放
恰成一种错落的时间关系
正如去年桃花艳时
梨花也白,菜花亦黄
江边长满了小小的乳房
"你的那两个也在呵!"
是啊,树上的鸟巢依然是家
只要江的对面不是高楼
几丛烟树就长出了一点古意
一艘小船就回到了宋画
这场潮湿的连绵不断的雨啊
这个乍暖还寒的春天啊
让江水又涨到了堤的肚脐上
土堤还在生长着犬牙的缺口
正如以美丽的名义
百姓正在宅基地上步步退却
退到残垣断壁之后
那个往钩子上挂蚯蚓的老伯说
"我们以后住到哪里去呢?"
那么退到泥土里如何呢
即使被切成两段

即使长年匍匐在冬天里
只要江水一暖菜花一黄
唐朝就轰的一声倒塌了
宋朝慢慢从钱塘走向富春
两岸野蜂飞舞,田野金黄
"这是我女朋友的家呵"
男朋友的名字就叫黄公望

写于袁浦吴家渡

我要到对岸去
有时只为一只虾
一颗游滑的螺蛳
和芦苇丛中的一只蜻蜓
我要到对岸去
鱼是不可能再上钩的
我们的网撒出去
捕到的只是身体的水草
那里还泊着一只空船
木桨是没有的
没有时间再练习正楷了
所有的船已经出卖了江
所有的江已经出卖了天空
呵，我要到对岸去
我要作一次憋气的泅渡
像一次绝望的接吻
谁松开嘴，谁就吐出
一串孤独的菜花泡泡

年初五在袁浦小叔房谈论蚯蚓

看到有人江边钓鱼
水稻博士说起了蚯蚓

蚯蚓,我们俗称曲蟮
它不怕跟你一刀两断

它松土,也被充当诱饵
在雨后,在扭动的世界里

大不了流一点蓝色的血
在小叔房或任何一个地方

"如果你给它从中间剖开
那一切就都呜呼哀哉了"

到底是博士,我们和他
还去看了吴家村的粮仓

随后地龙渡江去了五丰岛
看并不存在的蚯蚓和风景

老盘头2018

三月的最后一天
我从一片黄色中抽身出来
唯有一只冲冠的公鸡
仍在巡视着世袭的地盘
春天如此短暂
连超短裙也无能为力
作为一只蜜蜂,我飞尽一生
便误了多少菜花的往生
渡船来来回回
渔网起起落落
作为一种背景
江的存在已经毫无意义
因为有人想把波纹刻进石头里
以统一每一颗螺蛳的任期
百年前的那个义渡已经很少说起
因为他们想造更多的桥
想把鱼放生在鱼塘里
这些年我和紫云英若即若离
当禁渔期无所事事
空心的萝卜便开出了白花
大伯说樱桃已经生出来了

不久就会有一群鸟前来做客
晒干的腌缸白菜会在锅子里继续抒情
就像我的十八岁
把《尼布楚条约》留在了麦岭沙上

我本可以两耳不闻的
背书是我的强项
就像江水一遍一遍地呼应大海的节律
那是多么绝望的一片沙地啊
围墙要拆，发型要变，土地要流转
以美丽的名义，以口号和标语
渡船到底还会不会回来
黄沙桥头的喜蛋又一次有喜了
但那个修车铺已经不在了
长渭的老爸去了另一处说大书了
拖拉机生病住进了乡卫生院
曹院长赤了膊想要赢我一盘
路过代销店时，汽水刚到
我顺手买了一张四分邮票
我想让她飞，她也真的冒泡了
作为一个稻草人，我只能吓吓麻雀

作为一名敲锣的少年
我曾把裤脚卷得老高老高
脱掉皮鞋，我们都曾是农民
到老了也会走不动路
往上数三代，鸟巢安在乎
到老了，油菜就结籽了
吴家渡口就没有船了
这些年我和油菜花年年有约
可是春天多么短暂
我渡过之后还频频回头
我知道我回不去了
也做不成一条流浪的狗
当我从一片黄色中抽身出来
整个春天就只剩下了两只青团

东风造船厂旧址

天空给足了蓝色的面子
我就不在乎江水的清浊
这里曾空旷无人,空旷
像极了阳台上孤独的拖鞋
也像周一的自助早餐
往前看,四点四十六分的日出
只是给乌云镶了几道金边
那也是可以给牙齿唱颂歌的
正午我走进造船厂
塔吊和钢索最终会宣判谁呢
仰望得太久,晕眩是必然的
正如焊接钢板时那刺目的光
正如船出海时,我是恐惧的
但是有人会比我更恐惧
因为他们会失去更多
失去了与生俱来的臆想
失去一百年的集装箱
失去漂浮的码头和石油平台
甚至是色彩的三角关系
甚至是一只无辜的小犬
因为平衡最终将被打破

一只小蟹追着另一只小蟹
这就是海景房里升起的旗吗
有时沉默不代表默认
汽笛却可代替丧钟
丧钟为谁而鸣，为你也为我
因为我相信，不断涌来的波浪
那是天地之间自由而永恒的呼吸
而东风的旧址上，会刮起西风吗

杭县志

写一首缓慢的诗
写树藤和枝蔓相距遥远的纠缠
超山的梅花早给了不少暗示
以至良渚和瓶窑一说起三墩
那方山上的石头也变成了冰豆腐
马上要热闹起来了
塘栖的那一座广济桥
终于撇清了跟船和运河的关系
当灯笼挂上闲林埠的时候
有人忘了给粉尘刷一层白
那座径山感觉完全是新的
每一片茶叶也是那么野性和轻灵
一个时代的遗产早就漂洋过海
羊锅村的羊,越过了房地产的墙
天地之间,比天地更大的
是一个个熟悉的地名
杨家牌楼跪着的石马
终于开始说人话了
西溪且留下,到底留下了什么
西湖为什么没有把水和水
凝成一大块水晶玻璃

那可让掉下去的苹果滑一会冰
至少可以通过上香古道
滑到上天竺去领一碗腊八粥
许仙因此叹了一口气
他抬头看了一眼保俶塔
这么多年过去了
也该回蒋村去炒二冬了
一碗白素贞，一碗冯小青
风马牛不相及，风中的西溪
水渐渐抽干，竭泽的鱼跳进了转塘
美院一放寒假，麻辣烫就戴起了口罩
在风中，一抹油彩飞过来
就像一次认认真真的涂鸦
附近的吹拉弹唱
哪一天会出现在电视里
甫一亮相，时光翻过金家岭
中村就拍红了手掌
这时袁浦和周浦相拥而泣
正如江和江汇在一起后
谁也分不清自己的父亲和母亲

双浦地名考

一条叫袁浦，一条叫周浦
一条视野开阔，空空荡荡
一条有西山的背景和传闻
有人说唐朝来过这里
宋朝肯定是铁板钉钉了
那元明清，一定在铜鉴湖里
那时的湖又算什么呢
一座定山，一座浮山
意味着转塘的塘，是海塘
是海塘一直筑到了泗乡里
当1978年的一个浪打来时
我正在麦岭沙看管一块稻田
麻雀帮我挣一天七分半的工分
我的一个邻居叫小江
另一个邻居叫珊瑚沙
那时画一条船是容易的
隔壁就是东风造船厂
而要让帆升起来前进或红星[①]
意味着更名是一种革命

[①] 麦岭沙曾更名为前进，小江曾更名为红星。

白茅湖里可养鱼,桑园地上可养鸡
莼菜一直写进唐诗里
但真要让人趴在水面上
一个年代的腰下得再低
也不可能有水杉笔直的倒影
是的,周浦和袁浦
只要给一点点泥土,给几分
就可以种出苏东坡的竹和肉
有一天一头猪背着一根竹
走上了杭富公路,过凌家桥后
在王安埠就有了峰回路转
是啊,正如定山和浮山
有时它们必须像两颗冬笋一样
被从泥土中挖出来之后
还得在砻糠中紧紧挨在一起
那才有可能在跟腌白菜的相会中
渐渐有一条挖沙船的底气
怕的不是冷,怕的是太冷
曾为落难者烧过一把柴火的龙坞
在给梅家坞发了个语音后
终于对着留泗路喊了起来

"哇,着鬼啦
钞票不值铜钿哇
摘茶叶的人都叫不到哇!"

云栖小镇

高二的时候,我跑到狮子山上
老师说不要学孙昌建
谁知这句话被我听到了
我从左路突破,跳投
把一朵乌云投进了篮筐
然后在一张水泥台子上
又一不小心打了个擦边球

拖拉机一直犯哮喘
我们跟着它上了蜈蚣岭
田里有一些萝卜在疯长
沿山河边有手风琴响起
我爱这蓝色的海洋
那时谁也没见过大海
每年清明都上山扫烈士墓

二十年后旧地重游,图早就穷了
我也迟迟拔不出那把匕首
而紫云英一直在等着映山红
我也再次爬上了狮子山
远远地看着一些淡淡的云

烟厂、党校还有地铁站
一些路名和地名都是陌生的
偶尔碰到几位老同学
我会问：你现在住在哪里

龙坞茶镇

孤独的香,也是合群的绿
近闻,抑或从空中俯看
好像也是一种景致
到了这个年纪
喜欢说从前了
墙上的照片中有我认识的人
但一定要说故事
又会变得有点寡淡
从这条山路走出去
大太阳或者一场大雪
我都会深吸一口气
小学里的女同学
衣服上有好闻的茶香
中学时的男同学
手掌上曾有深深的茶垢
同学会碰上了,就喝一杯茶
无非谈论今年的价格如何
是用机器还是手工
也会谈起胡雪岩
谈那个似真似假的墓
没有人会问我还写不写诗

诗也就是自家的几棵茶树吧
却像极了我们的一生
漫山遍野我已经做不到了
只求视野之内
那一点点的绿且沉淀
泡和被泡,无论浓淡
淡也要淡得有一点境界

工农兵照相馆

　　　　　　转塘街上有一照相馆曾名工农兵照相
　　　　馆，初时师傅姓谭，名敬修，其子是我的
　　　　小学玩伴，后父子皆去了城里。谭师傅有
　　　　一徒弟叫敏尔，父亦在留下镇上开照相
　　　　馆，属于世家。

"头抬起来，笑一笑"
我们都曾是工农兵的一员
生活在黑白无彩的年代
端端正正地坐着或站着
紧张地屏住18岁的呼吸
咔嚓一声，沧桑巨变
后来工不工，农亦不农了
兵也都回到了我们中间
笑一笑，多少年过去了
青春年少换来一声长叹

"我在哪里，你左边是谁"
事实上我的右边已更难分辨
回头望望来时的路，像当年

南海上射出的一枚炮弹
无论大船还是小舢板
起过的波浪都在脸上流淌
如今老街都被拆光了
我在哪里也已经不重要了
曾在橱窗里挂过的李老师
有一天我在路上遇见了她
那梦中的工农兵照相馆

王安寺的烟火

《史记·秦始皇本纪》有始皇三十七年（公元前210年）"临浙江，水波恶，乃西百二十里从狭中渡"的记载。

1

"水波恶，狭中渡"
面对一条汹涌的江
秦王不知道怎么渡过江去
后来他派出的东渡船队
并没有求来长生不老的仙丹
王谋求连任，始皇或万岁
源自同一产地的烟火
而那个叫马浦的地方
马跑着跑着变成了石马
跪在了王安埠头上
如今，偶有浣洗的女子
在并不存在的埠头捣衣
反复捶打王湿了的屁屁
还有一只口袋要翻将出来

这时她看到了稻田中升起的烟火
是啊,野草年年生长
而那匹泥马不知跑去了哪里

2

泥马渡康王,多少年的演绎
最后定位在一块田畈之中
就像一个戏台或一个超市
只贩卖精神产品,且没有保质期
也只有在落魄的时候
王才会匆匆走过乡间田垄
这时不考虑一粒稻穗是否饱满
因为潮汐马上就要来了
至于说过的话是不是算数
就要看烟火升上天空之后
最后的归宿是不是尘埃遍地
只是在一个张家弄的地方
赵钱孙李们暂时装饰了夜空
人人渴望成为灯光秀的一部分

渡还是不渡,这已经不是问题
那么多的桥通向对岸
又一直堵在一部《史记》的心里

长安沙

"拆还是不拆,到底谁说了算?"
你吸了一口烟,沉默在了烟雾中。
而我又打了一下火机,
火苗在风中跳了几跳,
我要靠第二次才可点燃话题。

青皮甘蔗,甜还是甜的;
瓶里的咸菜,鲜还是鲜的。
中班小朋友的彩色滑板车,
如果让她在塘路上一直滑行,
说不定就能滑到远方的大海。

"远方?我是希望它拆的!"
说完这句话你就低下了头。
没想到油菜花谢得那么早,
好像它没到花季便就结了籽,
就像随处可见的少年打工仔。

好了,该说再见的时候了,
等下一次来时韭菜又可以割了。
小鸡成了母鸡,鹰成了无人机,

当它俯视这一块三江的沙洲时,
我的诗是否可做纪录片的旁白?

长安沙之二

一直往前走,不要朝两边看
两边是香樟树,几近参天
如果深深地吸一口气
除了三江的水汽,还有樟木香
它能唤醒记忆且无可替代

风景如斯,怎么会没有人来这里
你看这片沙洲,像不像一幅宋画
泊在江边的那一条木船
已经有多少年没有划动了
于是就像长在江里的一棵树

一棵树在江里扎下了根
根系丰满,给鱼和虾提供养分
已有多少年了,我盼着有一条船
这个释梦的结果是想做一条鱼
先下油锅,再成为一根坚硬的刺

一直往前走,不要朝两边看
鱼不会自己跳上来,诗歌会的
诗歌的刺迟迟没从树上拔出来

对于这个岛,对于这片沙洲
失去是迟早的,就怕那一天

就怕那一天,这一片香樟林没有了
人人捡了一段树根,靠回忆活着
人人都摇着一只独木舟,先人说
这里曾经是三条江约会的地方
我心爱的人啊,变成了鱼的标本

沪杭铁路海宁站

不是所有的列车都会停靠
在那个年代
有时记忆就停靠于一包榨菜

设想在一百年前
火车还是个庞然怪物
招贴上的女人突然跷起了腿

电影和火车,哪个跑得更快
明星们从沪到杭
又把海宁带到了上海

潮水和脚步,哪个跑得更快
弄潮儿顺流而下
人们想看的是惊涛拍岸

火车不停呀
徐志摩招一招手去了英伦
陈学昭去了法兰西

火车停下来了呀
用了金大侠毕生的功夫
王国维说那人却在灯火阑珊处

海宁灯彩

一定是恐惧黑暗
最后又迷恋黑暗

而把灯藏进黑暗
是为了点亮的那一刻

我裹上一件皮衣去接头
对方让我背一句徐志摩

轻轻地我走了,正如我轻轻地来
轻轻地来,是为了海宁的灯彩

更是为了一杯酒,挑灯看剑
看大海发起潮汐的起点

慢一点好,还是快一点好

有时我希望慢一点
比如我坐下才十三分钟
还没等加上微信
她就下车了

而快的好处人人皆知
比如子弹头的风驰电掣
比如说快乐这个词
我已经很少使用她了

在海宁和杭州之间
以后谈论的将是心理时间
一个人只有一座车站,如果
两个人呢,读一首诗刚好准点

第四辑

思乡曲·瓯江山水诗路

古渡口

渡口就是一段大大的空白
我渡了一千年
不是船破,就是方向错了
"掉头,掉头"
交通标志是不准掉头
我刻舟以求江鲜

只见打鱼人
网网捞起皆是空网
那还是将船沉了吧
且不再奢求打捞
那几枝芦苇好看吧
它们勾勒了夕阳的剪影
也曾经伫立于岸边
最终的命运
是被裹进泥土用来强基固堤

我就是那芦苇
我同意了吗
我认命了吗
渡口,渡口

现在用一只纸飞机
凭意念就可以飞一个来回
每个遗址上都有一只独木舟
多少大树倒下了
腐朽或不腐朽
都有一个女子前来垂泪
并掏出一管碳14

某些船

某些船停泊在那里
只是为了让人取景
正如街上的店名
好玩才拍一下然后忘记
那些来来去去的人
包括我们,可以算一滴水吗
水和水本来可以汇成江
而现在,我们只是一个瓶子
一个在水上漂过的瓶子
我们吃下去的鱼
一直游到夜宵的酒里
第二天清早,鸡
叫了一声就不响了
更多的干脆就不叫了
这如同一个瓶子砸在地上
但没事谁砸瓶子玩呢

南明山寻米芾而不遇

把字直接刻在石壁上
米芾是有资格的
一路的台阶修得很好
正好消化过剩的热量
老米的字本来是好认的
因为摩崖,水滴之后
连石头都不太可信了
我们又能相信谁呢
字又偏偏写得很端正
所以我一直不敢确认
正如葛洪之炼丹到底有没有用
寺院的门还开着,问住持
老米不在,老米躲了起来
大概去参加开封的座谈会了
是啊,风景还是不错的
就用矿泉水代替茶吧
我习汉字也已多年
真要下山也不算太难
山下,一对夫妻正在收稻谷
这个我是认识的,也姓米
我们都是吃大米长大的

回去我准备继续临帖
虽然一年也就签了几个名
而且是电脑上的签名

古堰画乡仿卞之琳

画画的人在看风景
我在看画画人的风景

几只船停泊在江边
一条江流淌着青山

村口一定要有一棵大树
那个在树下眺望的是我

我最好成为那会飞的白鹭
哪怕是青石板上发呆的鹅

鹅鹅鹅,曲项向天歌
天呢,丽水回来不见天了

青瓷

水,火,土
最后是让人安静的
就好像一首诗
放在秋天的阳光里

或者就是个容器
把玩在我的掌心
最后还要上一层色
抹上一片树叶吧

送我们回森林去吧
送我们回土地去吧
哪怕是一枚碎片
也经历了水,火,土

青瓷小镇

我被安排在精致的园子里
望着远处的青山
新茶甚好,可以泡一壶阳光

但是我更想去菜场
踩着湿漉漉的菜叶子
闻鱼腥味,听方言的问价还价

我终于走到了街上
看到有一个人在嚓嚓嚓地磨刀
我马上逃了回来

我想还是去网上看看吧
静音,多少人在吆喝啊
多少只虾儿在活蹦乱跳

这意味着我的栖身之地
是不可久留还是尚可炊黄粱
梦中,驶来一辆绿皮火车

夜宵时的老男人

一杯杯酒
就像一个个朋友
有的像泡沫
溢出了黑夜
有的像烟蒂
几分钟就灭了
更多的推来搡去
然后相互搀扶到门口
"怎么样,有没有问题?"
月光不作声
也实在是没有月光
很多年了
一个个朋友
就像一杯杯酒
最后都洒落在
方言一片狼藉的地方

在龙泉

在龙泉
一夜看了好几家青瓷店
走的时候
手上多了一件伴手礼

一路上我都紧紧捏着
生怕它碎了
因为已经碎过一次了
我捏着的是曾经的瓷片

在松阳

在松阳
去看过一大片茶园
也走过一条老街
老街上喝了一壶端午茶

端午茶不是茶
回去的路上
专车司机跟我讲了一路的茶
也至于我听得都口渴了

大港头夜读陶雪亮

此陶非彼陶
此骚非彼骚
当水边的芦苇
逆着一个时代的光
我想还是背过身去
看两条流水如何处理泥沙
除此之外,耕种和游走
比一盏夸张的茶要有意趣

陶雪亮,我以前不认识
陶渊明,大家一定听说过
两条流水是一定要交叉的
那么剩下的就是泥沙
今天在大港头或垄上
明天在青海或波士顿
此瓯非彼鸥
想飞吗,清风吹我襟啊

同样是茶,就看谁泡的
同样是陶,就看谁烧的
要让花花草草听你的话

你得先听月光和种子的
譬如朝露，人生苦短
一发呆，毛豆变黄豆了
黄豆又在纸上发芽了

此陶非彼陶
此骚非彼骚
一旦金生了丽水
就可以为一棵青菜折腰

丽水诗人素描

乐思蜀一坐下来
其他的就都是葵花了
关了灯黑了夜
也能在人群中找到何山川
洪峰不需要高德地图
也能避开瓯江无所不在的探头
流泉开始消瘦了
他用什么来抵抗烟草呢
青苔的年纪是不好猜的
她敢跟花在一起拍照片
乔老师的母语远在宁夏
丽水会不会就是一个盆景呢
晓东和丽文，基本不动声色
就能搞定山脉及河流的走向
还有八〇九〇的几个帅哥
他们都穿一件正装
下半身可能是磨过砂的牛仔
一看到陶雪亮这个名字
我就很想要一盆炭火
叶丽隽和郁芬，把家里的酒都拿来了
据说她们常常相约着走路

走着走着，我就醉了
后来又去走了一些县城
等于网友见面，时隔多年
见与不见没有实质性的改变
在上垟的青瓷小镇遇到江晨
假装不认识，握了手才知道
他姓王，龙泉三横一竖的王

瓯江

一时语塞,右边是鸟吗
极目江上,会飞的也不多耶
只有少数派的鹅,很像王右军秋游
我们相互打量,彼此没有激情
它摆它的造型,我发我的微信
若将一个字写端正,鸟就飞来栖息了

刹那短路,比刹那更短的
是不易察觉的忧伤
一网撒下去,在乎的是姿势
溪鱼都被你们放进了锅里
最后只好以柔软的刺小作反抗

吐也吐不出,咽又咽不下
想不起那个最熟悉的字
就会要了一个晚上的命
一直要把灯笼点到子夜
说只要米饭和醋
就可以把牢底坐穿

这样的生活被称为慢生活
最是零星小雨时
一叶扁舟向鹅卵石慢慢靠拢
卵也是一个难写的字
想到瓦片上的雨水
我一下子就软了下来

渔光曲

如果不发生一点故事
那我们从江边上走过
也就白白浪费了波浪
还有那被风吹起的裙子

更远的更猛的正从江上赶来
我们喝了那么多的啤酒
却没有一点醉意的表情
反倒让那些醉蟹都爬回家了

涛声还在耳边,空旷的
是谁唱起了那个年代的歌
可是我连渔网也没有看到啊
网格里是一只只监控的眼睛

没有诗意啊,姑娘
穿着拖鞋跑也跑不快了
跑过三十年代的门口
是谁家的猫喵的一声

一直就直盯盯地看着我们
好像两只老鼠要过街了
如果不发生一点故事
那怎么对得起这部老电影

可是真的没有故事发生呀
真的没有,除了我和你
你游走了,像一尾失踪的鱼
那根要命的刺,至今还没有拔出来

瓯窑

不是欧,多少人漂洋过海的欧
把诗写成小说,用盐染白了黑发
也不是鸥,它曾追着出海的船舶
发出蓝色而孤独的鸣叫
那一种发音,只有原乡人能懂
正如这一个字,我突然顿住了
还是烧窑人一字点醒了我:瓦
她姓瓦,温州的一半都姓瓦
她名瓯,带着瓦的地名
带着山的气息和海的胸襟
偏要在火中烧制良久
硬要在高温中形成性格
让一种思想和工艺
以器皿的形式传承千年
哪怕成为碎片深埋地层
那也是瓯人的基因

出窑了,手感还是烫的
马上是可以去泡茶和盛饭的
一杯一钵,皆跟瓦发生了关系
正如我在瓯窑边的初夏一梦

醒了,我便永远记住了瓯字的写法
梦了,梦着的是山海对望的一种深情

玉海楼致孙诒让先生

言的右边有一个台
那是戏台吗,那是整整一个时代
笔画简单的字,之前不做功课
心里反而会有一丝紧张
王字加一点,就看加在了哪里
所谓玉,到底是挂在胸口
是藏在书里,还是在时代的缝隙里
时间才过了一百年
让你说,你就不该沉默
沉默的是山,不该是海
不过是一百年的时间
我们就不看某一种书了
书已经藏在藏书楼里
我们是越来越看不懂了
所以我们才开始重新谈论
一个旧时代里的新学说

第二次来到玉海楼
母亲在给穿汉服的小孩拍照
牙牙学语之乎者也的诵读
仿佛是在映衬流逝的光影

正如所谓塔，那山上的塔
可能已经站了一千年了
回家的人看到塔
就可以放下所有了
可是我却放不下，因为
我的胸口也挂了一块玉
右边一个台，左边是言
舞台的台，言论的言
这就是一介书生的大海

浦城

在龙泉看见你,在江山看见你
看见你,都还只差几十公里
一个地名,一块站在阳光下的路牌
我逆着光,逆着黄昏的导航

随意能叫龙泉吗,如果没有手艺
随意能叫江山吗,如果没有驿站
可是浦城啊,今天的擦肩而过
真的还有明天的以身相许?

许你一座江山,许你一泓龙泉
许你一个姑娘的小吃和方言
我只需要看一眼,一眼够了
为此我住了一夜而想了一生

信号是好的,水果也多起来了
在山连绵之处,海开始涌动
八十码之后头发都向后吹去
就像真的一起去了海边

景宁

我在那里姓蓝
蓝末水是我曾经的笔名

我在一个山村里住过三天
喝了三夜的米酒还能数星星

但凡看见清澈的溪水
我都会问是流到瓯江的吗

瓯江不回答,星星落在溪水里
一眨一眨地,醉得那么清醒

景宁土诗

想起一位写土诗的老农
想起一碗粉皮的味道
想起那一年,曾经年少
敢在田野上大声读诗
也不怕麻雀和田鸡的笑

想起一场有关田螺的活动
怀念一顿乌米饭的味道
山雨欲来,道路遇阻
等我赶到高铁车站
田螺姑娘也终于没有出现

不来也好,不来也好
回程的车上我又写了两句诗
第一句感谢一场雨的借口
第二句对田螺姑娘说
以后可以少放盐多放辣椒

从前的饭局

犬吠一定要有的
走了多少路,喝了什么酒
这些不要记,史官们
只要记住,桌子底下躺着一条老狗

"当年没有汽车,拖拉机进来的"
当年的挂历还挂在墙上
这就够了呀,史官们
只要记住,挂历上都是好看的明星

现在好看的都在手机微信里
好多的问题一个红包就解决了
红包越来越重,骨头越来越轻
只要眨一眨眼,某条微信就看不见了

于是会想起从前去山里看朋友
你没有把握能不能喝上一壶酒
如果错过了,史官们
只要记住,我们的头顶曾有一片天

青田某乡,突然看到绿皮火车

绿皮火车就在眼皮底下
它不叫它也不吼了
我也不会追着它跑了
"挑担茶叶上北京"
那得有多少年代的梗啊
天安门上看不见喉结
一节一节的土豆
在华北平面冒烟

绿皮火车就在眼皮底下
呼地一下穿了进去
我也看不见隧道
看不见出口
看不见大海的肚腩下面
多少老甲鱼四脚朝天
且升起孤独的桅杆

"绿皮火车和老甲鱼"
唯有这一句尚有特点
但直播马上要开始了
就像本次列车开往了欧罗巴

大瀺瀑布：你已经站在高处

如果让我选择火焰
我一定是被迫的
而流水，或者说瀑布
那我是可以跳下去的
我粉身了，我碎骨了
但我还是流水啊
如果没有距离和高度
我还会平静得像一只杯子

是可以玩味的
是可以在竹林中做一只驴子或老虎的
只要给我一个下午的杯子
人就在草木之间了
舞蹈的云以及云背后的光亮
只有心能读懂
一棵草在悬崖边的颤动

你已经站在高处
所有的努力都是落差
是夜晚不得不睁开的黎明
是黎明不能不散去的烟霭

你已经站在高处
那么更高之处就是水喜欢去的地方了
火的速度,风的姿态
于是只能从废墟出发了
那些缠绕着却又没有关系的草蔓啊
多像人世的皲裂和边界啊
可是你说　可是我篡改了之后便是
——火焰的掌纹就是出路

或者
我就是一道火焰的瀑布

我一生的时间都在马上

我一生的时间都在马上
一生,也就是此时此刻
我开始梳理打了结的毛
我开始夹紧双腿
我想驾驭某一个生灵
它在我的身体之下
它在我的飞行途中
还没有到终点啊
它已经气喘吁吁了
好像有一口痰
深埋于世界的口中

我一生的时间都在马上
我一生的对手就是死亡
老马啊老马
我一生的时间都在马上

风景

我还有多少时间
可以看重复的风景

我还能走多少个台阶
抵达最后的终点

我这一次不是重复
山涧的流水也不是重复的

因为风景里有不同的人
流水已经在前面等我了

我这一次不再悲观
出发了,就永远是起点

我更喜欢稻田

比起那些房子,我更喜欢稻田
阳光下的秋天还想再吃一碗米饭
刚才喝了红糖水,现在看到了甘蔗
芋头埋在土里,身上长出青叶
用不了多久,新的食蔬会生长出来

这才是乡村呀,让我在来去匆匆中
发一回纯属个人的呆,一根烟的工夫
慢慢愈合了我的骨裂,但我不会再去爬山
我会等下一班轮船,等生米煮成熟饭
我可能就是飞过稻田的一只麻雀

比起写诗和教书,我更喜欢稻田
喜欢米酒,似醉非醉的感觉
一脚油门下去,世界还是没有动
原来我已经躺在一堆稻草中间
我看到白云的毛巾正在擦着蓝天

雁荡夜

那块岩石像谁啊
你闭起眼睛也曾想过
睁开就知道了答案

那些年我们探索局部真相
特别是在夜里,当手抓住
你从没有抓住过的秘密

后来想起,这也跟瓯江有关
跟大海和一部大海的辞典有关
那么好,手就从此不肯松开

洞头

我一上岛的时候
好像怀着一种使命
我一定要抓一个特务给你们看看

直到我真的遇到海岛女民兵
姓汪,某个早晨坐在招待所的前台
我上去向她打了个招呼

这就像我跟大海打了个招呼
泳毕,海浪袭来又退去
菜泡饭里都潜伏着一堆海鲜

我最终还是抓到了特务
还是个女的,写进了诗里
一个黑白光影的年代

南麂岛

好多的大海不是蓝色的
只有南麂岛为我纠了一点点偏

那个下午,在太阳底下
大海呈现了诗歌中的那种蓝

甚至有一点点透明的绿
透明到你不敢再看

是的,我重新认识了大海
通过一个岛,通过诗歌的抵达

那个夜晚,我输了一局球
我是输给了蓝,透明的蓝

永嘉

漂流的时候不要跟我讲学派
试一双新鞋必须走两步看看

早上的码和晚上的码就不一样
想学谢灵运,膝盖又受不了力

人到中年,一码归一码
水流一急,闭着眼睛就过去了

直到要描述风景,修辞不够了
晚上拟炒几位名家,佐酒聊天

造纸术

毛竹引水,水实现了循环
在石头和激流之间,物理学
完成了一次公开教学和实践

剖开毛竹,捣碎毛竹
核心的问题几百年没有变
核心的问题就是一根毛竹

包括文人们谈论的竹林七贤
所幸的是没有把笋全部吃完
天地之间,唯溪水不绝潺潺

在山里

在山里
我比一只鸟醒得更早
我推开窗
窗推开了一座青山
脚下就是伴了我一夜的溪水
在山里
时间富裕得用不完
我准备打包快递
给一些城里的朋友
当他们打开时
愿他们都能读几句王维
而不要只想着
为一个时代而美颜

思乡曲

到了叙事的部分
应该是在山阴之处
路一转过去
那里还结着薄冰
马就打着响鼻
再也不肯往前走了
好吧,再给你一把干草
一把只有一根弦的二胡
再打一个响鼻吧
亲爱的,前面还有一个海子
海子里有一个又黄又圆的月亮
多像我们老家的烧饼

隐者

他们沉睡多年,近来被人唤醒
醒来找不到回家的路
导航说我带你们吧
他们看到了自家的祠堂
牛腿上安装了监控
还没有到清明,人们已经在祭扫
自己的墓碑上刻着莫名的字
还有那些仿真的墓
他们真想睡进去,永远也不醒来
永远也不会被站台和书写
是啊,仅凭几个字几句诗
几个高度一致的传说
还有那一把火
一把火是最重要的
因为它可以把一幅画烧成一分为二
或一分为三为四或永不存在
家产是永远分不均的
吾为汝均之,就这样
就这样他们被唤醒了
但是当春天没有绿码
冬天没有一盆炭火

他们又怎么能够回来
又怎么能够回去
回到那个挂满红灯笼
又寂静无人的世间

独木舟

看某个人的简历
更重要的是言外之意
那被省略的过往
一棵树和另一棵树的交集
一片更大的原始森林
正在腐烂新的种子
必须强调,必须省略
必须让鼓掌定格在一棵大树上
让这棵树变成一只独木舟
这就有了出海的充分理由
出海,出海
一场风暴在太平洋睁着天眼

十竹斋

老胡的竹子种下去没几天
大明王朝的梦飘成了落叶
绍兴人小魏一刀一刀地刻
把自己很快就刻成了老魏
老魏喜欢坐在斋里泡茶
一个模,一张纸,一个滚筒
法兰西的小姑娘都惊呆了
中国就这样一页一页地翻过去了
胡正言没想到,永嘉人郑振铎想到过
他觉得这几根竹子是一笔好生意
而且是跟一个朝代的分期付款

怎么落笔,怎么题款
春花夏月高,秋收冬藏深
春笋和冬笋完全是两种不同的心态
花鸟鱼虫飞,飞禽走兽散
文人不想文了,字越写越快
都想做朝廷里的那一根竹
夜深时分,老魏和我在微信上见个面
相约明天去吃萧山路边店
观自在,无论是诵读还是抄写

我已经是N遍,再N遍

肉欲者纷纷说:吾不可一日无竹

老于的梅花

最好有一点闲笔
有一点背景,靠山或靠水
或斜倚在吴昌硕的胸前
苏小小和冯小青也是好的呀
西泠和孤山,还有灵峰
一定要有一点雪的
否则春天的到来
除了春天就没有了颜面

老于说不,江南少雪
要让一朵梅花落下来是可以的
但下面要铺垫好流水
这个流水一定是暗暗的
而且还要是雨天的梅花
她的眼泪是宫女们演不出来的
哈哈,宫女,你们真的见过吗
上野的樱花马上要开了

梅花终于落下来了
陆游发了个微信给唐琬
唐琬问:我们真的错了吗

乡村牙医

"张开张开,吐掉吐掉!"
他每天都重复这些话语。

比起一生都在说谎的播音员,
他见过的飞沫犹如大海。

而他的一生都在看某个部位,
会不会真的找到一颗象牙呢?

可能性是完全有的,
问题是大象也不肯把口罩摘下来。

当手机上正播八宝菜新闻时,
他唾沫飞溅:"下一个!"

和吴大夫诗:腊肉和柴火

一块肉要对你好
你有什么办法不燃烧
就是变成青烟变成灰
也忘不了冬天最乡村的味道
把太阳晒在自家门口吧
在伤口上再抹一层盐吧
老中医昨天用富阳话对我说
骨头是不会痛的,打碎了都不痛
那我为什么紧皱双眉
——是神经,藏在柴火里的神经
它想烧了,因为冷
我想骚了,因为饿

更是因为痛
柴火痛得点燃了枝丫
枝丫痛得迷失了树林
母猪痛得想起了公猪
孔子痛得逃离了儒林
从此上个学要走二十里地
从此一块肉想另一块肉了
烤或者烹,文或者武

而我在喝下一碗苦药后想
一粒碎骨都想让我维稳
还不如让一只鸡爪跷起兰花指
指着夫子道——稳你个头啊

瀑布

瀑布大同小异
都是要从高处跳下来

关键它们是怎么爬到顶端的
不羡云不羡雨,偏要玩极限

也一定要让我们走多少路
就是为去朝圣一滴水

还有的,我就省略了
仰慕已久,有一天瀑布消失了

连同那座山峰,峰后的云
云后装饰多年的风景

我要写一封信给大海

我要写一封信给大海
一个月后海鸥会收到吗
我都不喂它们面包了
因为我已经不种麦子了
我连邮票都没有一张了
我要写一封信给大海

一开始总是寒暄,别来无恙
因为热,我们才会说热
因为黑暗,我们就不说了
黑暗和黑暗抱得更紧了
浪和浪抱成一夜的海
我也真的听了一夜的浪

我要写一封信给大海
我随时准备飞出去
像一条阳台上的泳裤
像一次蓄谋已久的泅海事件
但是我找不到登陆的码头
我找不到有地址的大海

我找到了小屋,没有人
我找到了石头,没有苔藓
我找到了证人,他不开口
我找到了死亡,他没有墓碑
我找到了遗言,回头是岸
我要写一封信给大海

大海说他收到了,见信如晤
大海说堤岸已经加固了
大海说雷达都是新装的
大海说大海其实已经不在了
他是大海的镜像和幻觉
包括他的回信,包括喃喃自语
我要写一封信给大海

一粒种子撒进了大海

粗粝的和细腻的,在海边
静止的和波动的,在浪尖
假装在逆光的空气里自拍
假装深情一吻又独自走开

清晨的和黄昏的天空之城
混浊的和蓝色的海平面
船一旦离岸就和风暴为伍
岸一旦孤独就是海的挽联

我们这一生总是自作多情
我们这一代总是精卫填海
我们总是习惯了被拒绝
就像大海拒绝悲伤和浪漫

永远的凝望,像一弯新月
永远也不知道在祭奠什么
永远有迷人的方言,世界啊
一粒种子撒进了大海

如果大海也要被整体搬迁

如果大海也要被整体搬迁
我又能分到几粒粗盐
我能搬走接雨水的缸吗
我能带走雨水下的荒草吗
那是我们祖祖辈辈的地基
台风和夷族也望而却步的
让我储藏点白菜吧,还有酒
只要有盐,只要有时间
我们挂起来就挂起来吧
就像廊檐下挂着的鱼干
统统腌成美丽的口号和图案

如果大海也要被整体搬迁
我们的片瓦会在哪里呢
这么多的水都制成冰吗
以延缓一个王朝的腐烂
抑或制造舞台的梦幻
我去哪里安放我的桅杆
去抱住哪一张网可以哭呢
大海有那么多的骨头要吐
我的这根刺能卡住他的喉咙吗

你们要歌唱啊,你们要跪拜呀
你们要在海啸之前赶快跑
在沙滩上用脚掌签下自己的名字

如果大海也要被整体搬迁
地球会得到补偿吗
它会不会流出一滴泪
挂在海市蜃楼的睫毛下面

海边想起卡夫卡

海边想起卡夫卡
小爬虫也扇起了翅膀
在夜潮到来之前
沙滩上爬着软壳的小蟹

你想要它们硬起来吗
像旗一样紧紧攥住桅杆
其实桅杆早就软掉了
所有的夜晚都跪伏于甲板

而且一退再退,无可再退
裙子撩起尖叫,似喜似泣
我就在这里安穴居家了吧
海滩上写诗,用贝壳的标点

用大海的耳朵,听世间苦难
用大海的眼睛,看红尘碎沫
今晚,我在海边想起卡夫卡
我就是那只小甲虫变的吧

在海边

在海边,重复是有意义的
波浪是重复的,一遍又一遍
蓝色是重复的,就像我的写作
那不过是被浪冲上来的一些贝壳
肉死了,壳传给了脖子和卧室
传给了并不存在的相册
这丝毫不影响海浪的重复
就像海鸥的俯冲和鸣叫
只要给它们一点面包屑
因为麦子在田野里也是重复的
重复的生长就是为了收割
潮退下去是还会再涨起来

我执念于她,我又终于放开了她
就像最后一次呈现的海市幻景
夜晚降临,月光洗白了死亡的订单
在海边,潮汛的气息扑面而来
如果这种气息再迅猛一点
决断一点,就像把酒碗一摔
那些酒并没有流向大海
一千年后,那些碎片

又会变成另一种物质吗
那重复的不可名状的大海呀

海鲜

我在海边想着一个人
我不知道大海在想着谁
我跳到了海里游泳
我想知道更深一些的答案
可是海浪很快又把我推上了岸
我不敢游得太远
我怕连挣扎的机会都没有了
我看到一只水母便大叫了起来
海鲜,海鲜

海边断想

为说出口的话后悔
如果做笔录我会学习贾岛

如果是在大海里钓鱼
谁会是那一条大鱼

我宁愿用嘴唇先去咸涩一番
然后就葬身于汪洋的朋友圈

陈天华蹈海,聂耳溺亡
金山寺的大船没有了桅杆

但有一只眼睛
还有一块大屏

我在内心永远降下半旗
我为我无疆的祖国志哀

台风

归于宁静的总是瓦砾
还有被掩埋的一只耳环
那一夜用来倾听风声的
而风声粉碎了所有的梦呓
现在水已经退去
那些摇晃的做秀的人都已回到了城里
那些没有逃走的鱼虾
终于又游进了我们的饭碗
而瓦砾还沉在水底
那只耳环也一直垂挂在天空
有时像一朵云
有时像发了怒的雨

你是塔,你不是灯塔

你是塔,你不是灯塔
你可以让人把头抬起来
就像我们的一生总要拍一张照片
你是塔,你不是灯塔
没有一条船会在这里迷航
没有一条船,需要光的指引
只有你和我
永远在夜航船里迷醉而沉沦

你是湖,你不是大海
你是永远看得到边的
你是永远会有背景的
你是湖,你不是大海
你去了之后是会回头的
你一回头,那个偈语便朝你笑了
回头是岸,或者就是那三块石头
你一摸便永远放弃这一片苦海

你是伤。你不是悲伤
你没有风暴,只有温柔的叹息
你最多会有一点点浪沫

你是伤,你不是悲伤
你最多穿一件衬衫,不会是西装
你不会就从塔上跳下去
你跳下去,就像一片树叶一片纸
沉没永远多于飞翔
但是飞翔却是我们与生俱来的

致大海

一定比形容词更直接
全世界的人都爱大海
波浪永远都是波浪
男人会爱她的沉着
泡沫永远都是泡沫
女人就喜欢上了尖叫
然后就直接变成了鱼

一定比粗暴更为粗暴
我被三次打倒在沙滩
当我爬起来再被打倒时
我相信我也把大海摁倒在地了
无非她从不屈服
因为她只听月亮的话

一定比温柔更为温柔
比错觉还要错觉
或者干脆就是用来回忆的
只要看过她一眼
就像被换了一次血
这一定是蓝色的血

一定是铁的盐
一定是踏浪和放逐的游戏
无非有的日出时就被埋葬
有的在日落时做了孤帆
有的装孔夫子有的学哥伦布
有的如我,每天一首致大海

(改完于2023年1月10日,阳康中)